J. R. HELLWAY

Der Auflöser

Roman

Das Werk, einschließlich seiner Teile, ist urheberrechtlich geschützt. Jede Verwertung ist ohne Zustimmung des Autors unzulässig. Dies gilt insbesondere für die elektronische oder sonstige Vervielfältigung, Übersetzung, Verbreitung und öffentliche Zugänglichmachung.

Impressum

Copyright: © 2016 J. R. HELLWAY
Verlag: CreateSpace
ISBN: 978-1533633590
Korrektur: Claudia Heinen (www.sks-heinen.de)

www.jrhellway.de

Inhaltsverzeichnis

Kapitel 1..1
Kapitel 2..11
Kapitel 3..29
Kapitel 4..36
Kapitel 5..52
Kapitel 6..104
Kapitel 7..127
Kapitel 8..165
Kapitel 9..177
Kapitel 10..187
Kapitel 11..200
Kapitel 12..219
Kapitel 13..232
Danke..242

Kapitel 1

Der alte Hase

Ein letzter schaler Schluck bleibt mir noch. Es ist mein fünftes Halbe und ich fühle mich bereits einigermaßen benebelt. Genau der richtige Zeitpunkt, um zu gehen. Aber Jimmy, der eigentlich Alfred heißt, lässt mir keine Gelegenheit, dem letzten Tropfen ebenfalls den Garaus zu machen. Wir kennen uns kaum, sehen uns hier in der Bar dennoch fast täglich.

Mit leerem Blick erzählt er lallend weiter. Er findet einfach kein Ende, dabei habe ich die Geschichte bestimmt schon Tausende Male gehört. Ich hebe mein Glas von der Bar und schwenke den goldenen Gerstensaft unter dem Achselzucken von Branko, dem Barkeeper, hin und her. Irgendwie muss ich Jimmy ja endlich klarmachen, dass ich austrinken will. Der alte Kerl bemerkt Brankos strengen Blick, der mit dem Kinn zu mir deutet. Na endlich.

»Mensch Tommy«, säuselt er angetrunken. »Sag doch was.«

Als hätte ich das nicht schon längst getan. Unsere Gläser geben beim Anstoßen einen dumpfen Klang von sich. Ich weiß nicht, wieso ich auf den letzten Schluck einen so großen Wert lege. Er schmeckt wie Pisse. Ich hätte einfach gehen sollen. So schön ist es im alten Hasen nun auch wieder nicht.

»Du willst jetzt aber nicht etwa schon gehen, oder?«

Ich verdrehe ein wenig zu genervt die Augen. Branko, der noch immer hinter der Bar steht, sieht mich und grinst. Jeden Abend dieselbe Leier.

»Doch. Das hatte ich eigentlich schon vor«, sage ich. »Es ist kurz nach neun und ich muss morgen arbeiten.«

Jimmys Augen blicken mich aus seinen tiefen Höhlen an. Seine Enttäuschung ist nicht gespielt.

»Ach komm, Tommy. Stell dich doch nicht an wie der letzte Gesellschaftssklave.«

Kaum hat er seinen Satz fertig gesprochen, winkt er bereits nach Branko. Ich stehe auf, muss mich aber für einen Moment an der Bar abstützen. Ich bin doch betrunkener als gedacht. Wie in einem schlechten Film wirft sich Branko das weiße Geschirrtuch über die Schulter und schleppt sich leicht humpelnd zu uns. Sein serbischer Akzent ist auch nach fünfzehn Jahren noch nicht ganz verschwunden.

»Nun, meine Freunde.«

Er spricht übertrieben langsam und rollt das R so stark, als würde er uns verarschen wollen.

»Was darf es noch sein?«

Nun grinst er mich auch noch an, weil er weiß, dass ich eigentlich überfällig bin. Er will mich also ganz persönlich auf die Schippe nehmen.

»Branko, mein Bester«, lallt Jimmy. »Bring uns …«

Jimmy überlegt, reißt sich die Hand vor den Mund und fängt an zu husten. Ein widerliches Rasseln ertönt. Säuferhusten nenne ich das. Wenn ich so weitermache wie bisher, werde ich meine Umwelt sicherlich auch noch irgendwann erfreuen. Er kriegt sich kaum noch ein, aber ich verzichte darauf, ihm auf den Rücken zu klopfen, weil ich Angst habe, noch mehr kaputt zu machen. Außerdem dringt der Geruch von Urin und altem Rauch in meine Nase und lässt mich angeekelt selbige rümpfen. Endlich schafft er es, den Schleim wieder herunterzuschlucken, der sich so mühsam die zerfressenen Innereien hochgekämpft hat, und versucht weiterzusprechen, aber ich unterbreche ihn barsch und blicke Branko tief in die Augen.

»Eigentlich wollte ich gerade gehen, Branko. Für mich also bitte nichts mehr. Ich bin jetzt sowieso blank«, sage ich und lüge dabei noch nicht einmal. Jimmy zwinkert mir zu. Ich befürchte Schlimmes.

»Also, Branko«, sagt er. »Mach uns zwei Whiskey. Und spare nicht mit dem Einschenken. Tommy ist eingeladen.«

Brankos Grinsen wird noch breiter und sorgt dafür, dass seine hängenden Augenlider weniger zur Geltung kommen als sonst. Dreißig Jahre Arbeit in einer Bar richten Verheerendes mit dem menschlichen Körper an. Da kann kein Solarium der Welt mithalten.

»Alles klar, ihr Schnapsdrosseln. Kommt sofort.«

Wir beide sind wirklich Glücksfälle für jede Bar. Ein Penner, der immer genug Geld zum Saufen hat, woher auch immer das stammen mag, und ich, ein abgehalfterter Loser, der seinen Kummer im Alkohol ertränkt. Ich füge mich meinem Schicksal und setze mich wieder auf den roten Lederhocker. Wenn ich ehrlich zu mir selbst bin – ab und an schaffe ich das noch –, hätte ich das Angebot ja sowieso nicht ausgeschlagen. Viel zu groß ist der Reiz, meinen Rausch noch zu verlängern.

Jimmy sieht wieder gedankenverloren in den Spiegel hinter der Bar. Ich kann mein Spiegelbild schon seit Längerem nicht mehr ertragen und meide den Blick darauf. Stattdessen mustere ich die ausgemergelte Gestalt neben mir. Ich kenne Jimmy jetzt seit etwa einem Dreivierteljahr. Wahrscheinlich sind wir uns schon früher über den Weg gelaufen. Zu meinen erfolgreicheren Zeiten. Ich im Anzug und er schlafend an der S-Bahn-Haltestelle.

Es klingt hart, aber ich tue ihm nicht unrecht damit, wenn ich ihn als Penner bezeichne. Er sieht aus wie einer, riecht wie einer und verhält sich manchmal auch wie einer. Aber so einfach ist das Ganze nicht. Das weiß ich jetzt, denn ich erfahre es gerade am eigenen Leib. Ich mag den stinkenden Sack neben mir. Er hat eine gute Seele, aber er ist kaputt. Ganz so zerstört bin ich noch nicht. Aber ich arbeite mit Vollgas daran.

Jimmy hat raspelkurze weiße Haare, einen ungepflegten, ebenso weißen Dreitagebart und trägt ein hellblaues Flanellhemd. Sein ausgemergeltes Erscheinungsbild perfektioniert seinen Look. Mit ziemlicher Sicherheit besteht seine Nahrungsaufnahme allein aus dem Konsum hochprozentiger Flüssigkeiten. Zumindest habe ich noch nie gesehen, wie er sich etwas Nahrhaftes, von den Erdnüssen hier in der Bar abgesehen, in den Mund steckt. Vielleicht liegt das auch daran, dass wir uns außerhalb dieser Bar noch nie verabredet haben. Er wirkt wie in Trance. Ich frage mich, ob das die Stufe nach dem Suff ist. Wenn sich die Alkoholmoleküle nicht mehr an die Rezeptoren des Gehirns binden, sondern sie schon gar nicht mehr erst verlassen.

»So Männer. Zwei Jack Daniels.«

Branko stellt uns die beiden Gläser vor die Nase.

»Für euch sogar zwei Doppelte. Macht dann 'nen Zehner.«

Jimmy wacht wieder auf und kramt in der Gesäßtasche seiner Jeans. Ich ertappe mich dabei, wie ich in seinen offenen Geldbeutel starre. Bis auf ein gutes Dutzend großer Scheine und ein paar Münzen sehe ich nichts weiter. Keine Karten, kein Ausweis, nichts. Als würde außerhalb dieser Bar kein Alfred existieren. Er reicht Branko elf Euro. Der nickt und kramt hinter seinem Rücken herum. Ich weiß, was jetzt kommt. Das Schokoladenspiel. Branko sieht mich an und hält mir beide Fäuste vors Gesicht. Gut, also meine Runde.

»Nun sag schon, Tommy. Welche Hand?«

Ich sehe mir die beiden faltigen Fäuste an, kann aber keinen Unterschied erkennen und tippe auf die linke. Branko grinst, öffnet die leere Hand und reicht die Miniaturtafel Rittersport Jimmy.

»Du kannst sie sowieso besser gebrauchen«, spottet Branko und läuft wieder zur Kasse.

Ich sehe ihm hinterher und hebe mein Glas zum Anstoßen.

»Manchmal frage ich mich, was erbärmlicher ist. In so einer Spelunke zu trinken oder eine zu betreiben.«

»Ach Tommy«, schnauft Jimmy. »Verderb mir jetzt nicht den Whiskey.«

»Keine Angst. Danke übrigens.«

Jimmy nickt bedächtig.

»Definitiv in einer zu trinken«, sagt er, ohne die Miene zu verziehen, und nimmt einen großen Schluck aus seinem Glas.

Die goldene Flüssigkeit rinnt auch meine Kehle herunter und brennt wie die Hölle. Whiskey konnte ich noch nie viel abgewinnen. Mir läuft die Spucke im Mund zusammen und ich merke sofort, wie mir spürbar wärmer wird.

Jimmy sieht wieder gedankenverloren in den Spiegel hinter der Bar. Ich frage mich wirklich, was so in seinem Kopf vorgeht. Vor Jahren hat er all sein Geld in ein Restaurant gesteckt und ist pleitegegangen. So viel weiß ich bisher. Was ich noch nicht herausgefunden habe, ist, ob es an einer schlechten Küche lag oder daran, dass er an der Bar sein bester Kunde war. Er spricht nicht gern darüber. Aber wer spricht schon gern über seine eigenen Verfehlungen.

Aus dem hinteren Bereich der Bar dringt Lärm. Oft sind wir die einzigen Säufer hier, aber seit einigen Monaten zahlen auch einige trinkfeste Polen in Brankos Rente ein. Zumindest nehme ich an, dass sie aus Polen sind. Sie haben einen slawischen Akzent und trinken in der Regel Wodka. Immerhin bleiben sie unter sich und lassen uns in Ruhe trinken. Mehr verlange ich nicht. Außerdem sorgen sie dafür, dass ich mir in meinem Suff nicht ganz so allein vorkomme.

»Was die wohl immer zu feiern haben?«, frage ich Jimmy, erhalte aber nur ein Schulterzucken seines Spiegelbildes als Antwort.

»Vermutlich versaufen die gerade ihr frisch überwiesenes Hartz IV«, ergänze ich.

»Wenn du das sagst, Tommy. Ich würde mich aber nicht mit denen anlegen. Die sehen gefährlich aus.«

In der Tat haben die meisten von ihnen Ähnlichkeit mit einem Wandschrank. Aber da ich sowieso nicht den Drang danach verspüre, eine aufs Maul zu bekommen, macht mir ihre Erscheinung keine Angst. Stattdessen gebe ich mich wieder meinem Rausch hin und genieße die wohlige Wärme in meinem Inneren.

***

Ich torkele aus der Bar. Es war eher Zufall, dass ich sie damals zum ersten Mal betreten habe, denn *Der alte Hase* sieht nicht besonders einladend aus. Brankos Spelunke liegt im hinteren Drittel einer unterirdischen S-Bahn-Haltestelle. Nicht weit weg von mir zu Hause und das ist gut so, denn ich schwanke schon sehr und merke, wie ich leicht im Zickzack laufe. Vorher muss ich aber noch zum nächsten Bankautomaten, damit ich morgen früh keinen Umweg laufen muss. Ein Automat steht gleich ein paar Straßen weiter. Ich reiße mich zusammen und bemühe mich, geradeaus zu laufen. Wahrscheinlich bemerkt mich kaum jemand, aber mein Zustand ist mir trotzdem peinlich. Bravo, Thomas. Wieder ein Tag, an dem du dich für dich selbst schämen kannst. Leider bin ich es mittlerweile gewohnt.

Die Straße ist düster. In einiger Entfernung höre ich das Gestammel Halbstarker mit doppelter Staatsangehörigkeit. Ich kneife die Augen zusammen und sehe sie an einer Bushaltestelle sitzen. Parallel zur Bushaltestelle liegt die Bankfiliale auf der anderen Straßenseite. Ich laufe über die nicht befahrene Straße und stolpere fast über den hohen Bordstein. Shit, das war knapp. Der letzte Whiskey war definitiv zu viel.

Es ist nur eine winzig kleine Filiale der Deutschen Bank, in die ich gerade eintrete. Da bin ich von früher ganz andere Dimensionen gewohnt. Ich fummele meine EC-Karte aus dem Portemonnaie und füttere den Automaten damit. Wieder muss ich ein Auge zukneifen, damit ich meine PIN korrekt eingeben kann. Ich hebe fünfzig Euro ab und weiß, dass ich damit die nächsten Tage über die Runden kommen muss. Zu den Großverdienern gehöre ich definitiv nicht mehr.

Ich stecke das Geld ein und ziehe die zweite EC-Karte aus dem Geldbeutel. Unser gemeinsames Konto. Wäre ich nüchtern, würde ich den Kontrollversuch lassen. Aber ich bin alles andere als nüchtern und höre die Stimme der Vernunft nur noch sehr undeutlich brabbeln. Ich tippe die

Nummer einmal im Kreis ein. Zwei, sechs, acht, vier. Zu leicht, um sie so einfach zu vergessen.

Ich bekomme eine kleine Hitzewallung, als ich sehe, dass das Konto mit über fünfhundert Euro im Minus ist. Jetzt will ich es genau wissen. Was hat sie nur gemacht? Keine dreißig Sekunden später spuckt mir ein anderer Automat die Kontoauszüge aus und klärt mich auf. Eine interessante Lektüre, die mich fast zum Kochen bringt.

Schlimm genug, dass sie jeden Michael-Kors-Einkauf von Geld bezahlt, das ich eigentlich jeden Monat für unseren Sonnenschein überweise. Nein, das reicht noch nicht. Diesmal schlägt sie dem Fass den Boden aus. Wellnesshotel Fernblick Montafon heißt der Posten, der mein Herz zum Rasen bringt. Ich sehe eine Summe, die mit Sicherheit nicht nur durch sie allein zustande gekommen ist. Sie hat ja gesagt, dass sie am Wochenende nicht da sei, aber dass sie auf meine Kosten verreist, ist mir neu. Ich würde sie gern hassen, aber stattdessen macht sich ein unkontrollierbares Gefühl der Ohnmacht und der Enttäuschung breit. Warum tut sie mir das an?

Von Alkohol und Enttäuschung betäubt, taumele ich aus der Bank und übersehe eine Stufe. Ich trete ins Leere, knicke um und spüre einen harten Schlag an der Stirn. Kaum ist die Schwärze vor meinen Augen wieder gewichen, erkenne ich den Gewerbebriefkasten von eben und höre schon das Gelächter der miesen Drecksäcke von der Bushaltestelle. Ich erkenne sie kaum und zähle zehn verschwommene Silhouetten. Sie sind also vermutlich zu fünft.

»Alter!«, schreit einer von ihnen. »Zieh dir den rein. Wie dumm der ist, Mann.«

Ich betaste meinen Kopf und fühle Flüssigkeit. Selbst in meinem Delirium wird mir klar, dass ich blute. Die Typen kriegen sich nicht mehr ein und bejubeln mich.

»Mann, ist der besoffen. So ein Opfer.«

Danke. Ja. Opfer trifft es gerade gut. Meine Stirn fühlt sich taub an, aber in meinem linken Auge brennt etwas. Wie Schweiß. Ach ja, Blut. Klar. Das ergibt Sinn bei einer klaffenden Wunde. Die Arschgeigen von der Bushaltestelle geben keine Ruhe und lachen mich noch immer aus. Am liebsten würde ich zu ihnen hinüberlaufen und sie zusammentreten, aber mein Selbsterhaltungstrieb wird rechtzeitig aktiv und lässt meine Wut wieder abklingen. Stattdessen strömt Schmerz bei jedem Schritt durch meinen Kopf. Ich fühle mich wie ein geprügelter Hund und laufe nach Hause.

Kapitel 2

Einsame Seelen

Ein penetrantes Klingeln lässt mich aus meiner Ohnmacht erwachen. Mein Körper fühlt sich taub an und ich spüre das bekannte, dumpfe Gefühl hinter den Augäpfeln. Ich erinnere mich nicht daran, wie oder wann ich ins Bett gekommen bin, aber als ich die Stirn runzele, explodiert ein stechender Schmerz und ruft bruchstückhafte Erinnerungen in mir hervor. Der Sturz.

Laut Wecker ist es halb sieben. Ich stehe auf und begutachte meine lädierte Visage im Spiegel. Ich fühle mich nicht nur scheiße, ich sehe auch so aus, wenn nicht sogar noch schlimmer. Eine böse Schwellung ziert die linke Hälfte meiner Stirn, und als wäre das noch nicht genug, erkenne ich auch einen tiefen Schnitt innerhalb einer Schürfwunde. Ich hätte gut daran getan, die Wunde nähen zu lassen. Immerhin hat das verkrustete Blut sie gut verschlossen. Ich betrete das kleine Bad meiner Zweizimmerwohnung und reinige sie mit einem Waschlappen. Nachdem ich mich rasiert habe, wasche ich mir noch vorsichtig die Haare. Aber es hilft nicht viel. Ich sehe trotzdem noch erbärmlich aus. Meine dünnen braunen Haare liegen jetzt zwar ordentlich auf dem Kopf, aber meine tiefen Augenringe könnte ich höchstens noch überschminken. Immerhin lenken sie wie bei Branko von meinen mittlerweile etwas fülligeren Backen ab. Ich erinnere mich an mein ehemaliges Gesicht. Markant war es. Davon ist höchstens noch mein Kinn geblieben.

Eine einfache Jeans und ein schmuckloser dunkelblauer Wollpullover dienen mir als Arbeitskleidung. In der Firma, wenn man sie so nennen kann, ziehe ich mir ja sowieso eine Latzhose an.

Ich arbeite bei Trödel Rudzek, einer kleinen Firma für Haushaltsauflösungen. Eigentlich sind wir nur zu dritt. Von einer Firma zu sprechen, ist also fast zu viel. Uwe Rudzek ist ein ekelhafter Typ, der vom Leid und Tod anderer lebt. In meinem früheren Leben hätte ich ihn noch nicht einmal ignorieren müssen, denn seine Existenz wäre mir schlicht und ergreifend einfach gar nicht bewusst gewesen. Nun bin ich froh, dass er mir die Arbeit angeboten hat und mir marktunübliche dreizehn Euro die Stunde zahlt. Aber auch nur deshalb, weil ich ihn regelmäßig mit Börsentipps versorge. Die Arbeit ist eigentlich mehr als okay. Im schlimmsten Fall ist sie widerlich, im besten sogar lustig. Normalerweise ist sie aber einfach nur körperlich anstrengend. Ein ausgeprägter Kater, wie ich ihn gerade habe, verhilft mir nicht wirklich zu einem der lustigeren Tage.

Ich nehme mir zwei Ibuprofen achthundert aus einer der Schubladen in der Küche, öffne den Kühlschrank und ziehe die angefrorene Flasche Wodka aus dem Gefrierfach. Der Drang, einen Schluck zu nehmen, ist groß, aber ich halte sie nur an die Beule auf meiner Stirn und warte so lange, bis der Schmerz der Kälte größer wird als das fiese Stechen der Schwellung.

Durch das Küchenfenster dringen die ersten Sonnenstrahlen des Tages, zumindest für mich, und verraten mir, dass ich keine Jacke benötigen werde. Es ist April und die

Erderwärmung sorgt dafür, dass wir teilweise bereits zwanzig Grad haben. Als ich die Tür zu meiner Wohnung öffne, merke ich, dass der Schlüssel außen noch steckt, und atme tief durch. In einem solchen Wohnhaus sollte einem das nicht passieren.

Die Tatsache, dass ich ihn bisher auch nicht vermisst habe, zeigt mir, wie verpeilt ich noch bin. Zu meinem Glück verlässt meine Nachbarin ihre Wohnung ebenfalls. Eine junge Alleinerziehende mit zwei Kindern. Nicht hübsch, aber auch nicht hässlich. Als sie mein Gesicht sieht, wirft sie mir einen so mitleidigen Blick zu, dass ich mich beschämt wegdrehe und schnell die Treppe hinunterlaufe. Ich wohne in einer nicht ganz vorzeigbaren Vorstadt Frankfurts und habe es tatsächlich geschafft, dass mich selbst die Leute hier noch bemitleiden oder gar auslachen. Ich war halt schon immer erfolgreich in den Dingen, die ich begonnen habe. Sich selbst herunterzuwirtschaften, gehört offenbar ebenfalls dazu.

Ich lasse meinen Wohnblock hinter mir und biege auf meinen allmorgendlichen Weg zur Arbeit ein. Ohne mich großartig umzusehen, spule ich die Meter ab, denn kein Morgen vergeht, ohne dass ich mich erneut über die hässlichen Sechzigerjahre-Bauten wundern müsste, die diese Gegend zur Sozialsiedlung degradieren. Gelb verputzt, mit dunkelbraun lackierten Balkonen. Das musste eigentlich bereits damals schlimm ausgesehen haben. Mein Weg führt an ihnen entlang und somit auch vorbei an Autos, die hier definitiv nicht hergehören. Vielen Leuten ist ein vorzeigbares Auto offenbar wichtiger als die eigenen vier Wände. Ich spüre die Schwellung an meiner Stirn, als würde mich mein Körper daran erinnern wollen, nicht mehr so viel zu trinken. Immerhin kann ich froh sein, dass die Bushaltestelle verlassen ist und die Arschgeigen von gestern verschwunden sind. Die Haltestelle der S-Bahn ist nicht ganz so verlassen. Ich sehe jede Menge junger Anzugträger, die es sich noch nicht leisten können, in der Stadt zu wohnen. Wen ich ebenfalls sehe, ist Jimmy. Er trägt noch dieselben Klamotten wie gestern und schläft auf einer der Wartebänke. Bei genauerem Hinsehen erkenne ich einen dunklen Fleck in seinem Schritt. Er hat sich eingenässt. Der arme Hund hat gestern sicherlich bis Ultimo weiter gebechert. Ich lasse ihn liegen und spreche ihn auch nicht an. Soll er mal lieber seinen Rausch ausschlafen.

Bei seinem Anblick wird mir mulmig im Bauch, denn mir wird mal wieder klar, dass ich gerade meinen eigenen Werdegang vor mir sehe. Ich muss mich dringend am Riemen reißen. Nicht nur meinetwegen. Ich denke an das letzte verbleibende Licht in meinem Leben. Das wilde Kreischen der Gleise reißt mich aus den Gedanken, als die S-Bahn aus dem Tunnel schießt und versucht, zum Stehen zu kommen.

Die Bahn steht und ich reihe mich in die Traube ein, die sich um die Tür herum bildet. Amüsiert betrachtete ich das Schauspiel. Die Bahn ist so voll, dass die Leute im Gang stehen. Aber aus Angst, nicht mehr in die Bahn hineinzukommen, macht im Gang niemand den Aussteigenden Platz. Weil nichts passiert, versuchen die Leute von draußen, in die Bahn zu drängen. Ein klassischer Deadlock. Es ist jeden Morgen dasselbe und wie jeden Morgen frage ich mich, wieso die Leute nicht endlich mal schlauer werden. Ich warte geduldig ab, lasse einer älteren Dame den Vortritt und zwänge mich in die letzten freien dreißig Zentimeter, die ich finde. Die Leute stöhnen und verdrehen die Augen, als wäre der Mangel an Platz nicht für alle gleich unangenehm. Als meine fiese Beule in den Fokus einiger Mitmenschen rückt, wird mir überraschenderweise doch mehr Freiraum zugestanden. Ich überlege mir, ob ich mir an Jimmy ein Beispiel nehmen soll und mich für morgen zusätzlich noch einpisse.

***

Das Industriegebiet ist so austauschbar wie der Trainer eines Fußballklubs. Industriehalle grenzt an Industriehalle und Parkplatz an Parkplatz. Allein Uwes Gebäude bietet einen gewissen Wiedererkennungswert. Denn für seine Haushaltsauflösungsfirma hat er eine uralte Kfz-Werkstatt gemietet. Mit Sicherheit, weil sie besonders günstig ist.

Das Werkstattgebäude ist rot gestrichen und hat seine beste Zeit definitiv hinter sich. Das alte Schild über dem Eingang ist nicht ganz deckend mit weißer Farbe überstrichen worden. Man kann noch immer *Auto Fiedler* lesen. Darüber wurde unsauber *Trödel Rudzek* gepinselt. Der Buchstabe L wurde mit so viel Farbe aufgetragen, dass sich eine kleine Nase gebildet hat und wenige Zentimeter nach unten gelaufen ist. Bisher konnte ich dem Drang, eine Leiter zu holen und die Stelle auszubessern, widerstehen. Dafür bezahlt mich Uwe ja auch nicht.

Über der Werkstattgrube wartet schon der gebrechliche Fiat Ducato auf mich und Mustafa, meinen Kollegen. Noch kann ich ihn nirgends sehen, dabei zeigt meine Uhr schon kurz nach halb acht an. Das gibt Ärger. Ich bereite mich seelisch schon auf die Standpauke von Uwe vor, aber bevor ich es schaffe, die Tür zur Werkstatt zu öffnen, sehe ich aus dem Augenwinkel, wie Chang auf mich zugelaufen kommt. Ein hundert Kilogramm schwerer Asiat. Chang ist eigentlich nicht sein Name. Ich erinnere mich, dass Uwe ihn einmal Christian genannt hat. Aber Mustafa und ich waren der Meinung, dass das nicht passen würde.

Chang sieht zumindest nicht so aus, als würde ihn das stören, denn er stürzt sich mit gewohnt debilem Grinsen auf mich wie ein Bernhardiner, und ich schaffe es gerade so, den sabbernden Jungen weit genug von mir fernzuhalten, bevor er seinen Rotz an mir abschmieren kann.

Ich muss lachen, denn seine herzliche Art ist ein so extremes Kontrastprogramm zum Rest meines Lebens, dass er mich wirklich jeden Tag aufs Neue überrascht. Ich beneide ihn um seine Naivität und Unbefangenheit, denn ich glaube, dass er zufrieden und glücklich ist.

»Mensch, Chang«, sage ich. »Beruhige dich. Ich freu mich ja auch, dich zu sehen! Ist Mumu schon da?«

Wie immer antwortet er nicht, sondern brabbelt stattdessen ein paar undeutliche Laute vor sich hin und zeigt aufgeregt nickend in die Werkstatt. Ich frage mich, wie Uwe es angestellt hat, einen Behinderten zu finden, der mit Sicherheit nichts kostet, aber dennoch so selbstständig ist, dass er die Holzmöbel aufbereiten kann, die wir aus dem ein oder anderen Dreckloch fischen.

Natürlich gibt Uwe die Möbel aus seiner Werkstatt nicht an Bedürftige und für kleines Geld ab. Nein. Er verkauft sie gewinnbringend bei eBay als Antiquität.

Ich sehe Chang kurz hinterher und überlege mir eine passende Antwort für Uwe, aber als mir klar wird, dass jede Antwort die falsche sein wird, ziehe ich die schmutzige Werkstatttür auf und gehe einfach hinein. Uwes Büro ist im hintersten Teil des Gebäudes. Ich muss also durch die gesamte Werkstatt laufen und habe genug Zeit, um Uwes heiserer Stimme zu lauschen. Ich spare mir das Anklopfen, denn für gutes Benehmen ist hier sowieso kein Platz.

»Na so was!«, platzt es aus Uwe heraus, als er mich sieht.

Er versucht, entspannt auszusehen, und sitzt mit ausgestreckten Füßen in seinem schwarzen Bürosessel hinter seinem Stahlschreibtisch. Wüsste Uwe, welchen lächerlichen Anblick sein massiger Körper bietet, würde er seine Haltung sofort verändern. Mumu sitzt ihm gegenüber und schaut mit zerknirschter Miene zu mir hinauf. Ich kann mir schon denken, dass er Uwes Geblubber bereits seit fast einer viertel Stunde erdulden muss und dabei nicht sonderlich viel Spaß hatte.

Bevor ich mich ebenfalls setze, fällt mein Blick auf seinen Bart. Er hat ihn sich neu gestutzt, indem er sich Striche vom Kinn zu den Koteletten rasiert hat. Unpassenderweise muss ich grinsen und setze mich auf den alten Holzstuhl neben ihm.

»Sorry, Uwe, ich …«

»Nein!«, schreit er. »Spar dir deine Erklärung. Ich will auch nicht wissen, was es zu grinsen gibt.«

Wieder versuche ich, auszuholen, um die Situation halbwegs zu retten, aber ich komme nicht dazu, auch nur einen weiteren Satz zu sagen.

»Ich habe gesagt, du sollst dir deine Erklärung sparen!«

Ich sehe Uwe gespannt dabei zu, wie er mit der Hand erst über seine Glatze und dann durch die letzten paar Locken seines Hinterkopfes fährt. Zu meiner Erheiterung trägt er heute wieder seine gelb verglaste Pilotenbrille und sieht damit noch lächerlicher aus als sonst.

»Mustafa ist im Bilde!«, sagt er streng. »Im Gegensatz zu dir war er nämlich pünktlich hier!«

Uwe sieht meine Stirn genauer an. Die Beule. Ich gehe ein paar Sprüche durch, die er mir mit Sicherheit gleich reindrücken wird.

»Was ist das eigentlich für eine Beule an deiner Stirn? Hast du gestern etwa mal die Falschen so dämlich angegrinst wie mich eben?«

Ich spare mir die Antwort, denn die Wahrheit ist noch unbequemer. Stattdessen sehe ich Uwe nur teilnahmslos an.

»Na also, worauf wartet ihr noch. Raus mit euch. Zeit ist Geld!«

***

»Ich frage mich echt, welches Problem Uwe immer mit seiner Pünktlichkeit hat. Wir arbeiten hier schließlich nicht in einer Behörde, sondern sind ein Vier-Mann-Betrieb, wenn ich Chang mal dazurechne«, maule ich, weil ich mich noch immer über Uwe aufrege.

Mustafa steuert den Fiat aus der Einfahrt und sieht mich plötzlich verständnislos an.

»Ich frage mich eher, was du für ein Problem mit deiner Pünktlichkeit hast. Du bist doch hier die Kartoffel. Ihr seid doch das Volk der Dichter und Denker, oder? Hat das was mit deiner Beule zu tun?«

Das Gespräch geht in eine Richtung, die unangenehm für mich wird. Ich hatte mir eher erhofft, ein wenig über Uwe zu lästern und ein seichtes Gespräch zum Morgen zu führen.

»Und ich frage mich, wie du es bei deiner neuen Bartfrisur geschafft hast, pünktlich zu sein«, versuche ich, ihn abzulenken.

»Du bist ja nur neidisch, weil in deinem Gesicht noch nichts wächst. Wie alt bist du? Zwölf?«, grinst er.

»Bei mir ist auch mit zwanzig noch nichts gesprossen«, antworte ich und sorge damit endlich für die gewünscht lockere Stimmung. »Also, klär mich auf. Wo geht es hin?«

Wir verlassen das Industriegebiet. Mumu gibt mal wieder zu viel Gas und brettert mit siebzig Sachen durch die Gegend.

»Nach Harheim. Wohl nicht ganz das Übliche. Eine Messiwohnung. Ist erst letztens gestorben. Vielleicht haben wir Glück und der ganze Kram ist noch nicht ganz so vergammelt wie sonst.«

Ich verziehe das Gesicht. Messiwohnungen sind die schlimmste Art von Aufträgen, die wir erhalten.

»Klingt super. Genau das Richtige für heute. Steht der Container schon draußen?«

»Laut dem Boss ja.«

Mustafa sieht erneut auf meine Beule und legt die Stirn in Falten.

»Jetzt erzähl mal, was war da los?«

Mumus Frage überrascht mich. Normalerweise führen wir keine sonderlich tiefgründigen Gespräche und mein Befinden ist ihm in der Regel auch eher egal. Wir kennen uns ja auch gerade erst ein dreiviertel Jahr. Ich überlege, was ich ihm entgegnen kann, damit er keinen Verdacht schöpft und tiefer bohrt.

»Besoffen aufs Maul gefallen, oder?«

Seine Direktheit überrascht mich erneut. Scheinbar wirke ich ertappt, denn das triumphierende Grinsen, das sein Gesicht für den Bruchteil einer Sekunde ziert, lässt mich Böses erahnen.

»Komm, Tommy, sag schon. Was ist los mit dir? Du siehst aus wie Scheiße und stinkst immer öfter nach Alk. Das kann doch nicht so weitergehen.«

Das hat gesessen. Ich starre aus dem Fenster und denke nach. Ich bin mir über meine Probleme im Klaren und weiß, wo ich stehe, aber das ich für mein Umfeld ein so offenes Buch zu sein scheine, trifft mich doch ziemlich. Und Mustafa lässt nicht locker.

»Ich sag dir eines. Wir sind vielleicht noch keine Freunde, aber ich sehe dich jeden Tag und du bist mein Kollege. Und wenn du Hilfe brauchst, dann kann ich sie dir vielleicht geben.«

Wir fahren die Holzhausenstraße entlang. Keine Menschenseele ist zu sehen und Mumus Worte bringen mich zum Grübeln. In mir wächst das Bedürfnis, mich ihm mitzuteilen. Es ist, wie er sagt. Wir sehen uns jeden Tag und vielleicht hilft es mir schon, wenn ich mal mit jemandem über meine Probleme spreche. Die Stimmung ist komisch. Merkwürdig trüb und ernst.

»Der Alkohol ist gar nicht so mein Problem. Er ist eher meine Therapie«, setze ich an.

»Deine Therapie?«, unterbricht er mich. »Seit wann löst der denn Probleme?«

Mumu stellt mir Fragen, auf die ich selber keine Antworten parat habe. Ich versuche, ihm Kontra zu geben.

»Scheiße, Mustafa, so einfach ist das Leben halt manchmal nicht«, erwidere ich und merke, dass mich das Gespräch bereits nach zwei Sätzen mehr aufregt, als es müsste.

Mumu bleibt hingegen ruhig und geht gar nicht erst auf meinen Ton ein.

»Du musst mir schon erzählen, um was es eigentlich geht. Was beschäftigt dich gerade?«

Darüber muss ich nicht lange nachdenken.

»Es geht darum, dass mir meine Frau mein Kind wegnimmt.«

Mumu sieht konzentriert auf die Straße, aber ich sehe, wie es in ihm arbeitet.

»Kann sie das denn?«

»Sieh mich doch an. Ich bin ein Wrack. Klar kann sie das.«

Der Knoten in meinem Hals beginnt sich zu lösen und ich erzähle ihm meine ganze Geschichte. Ich erzähle ihm von dem Gefühl, das mich eines morgens davon abgehalten hat, wieder in die Bank zu gehen, um den üblichen Vierzehnstundentag abzureißen. Von dem Druck, dem ich nicht mehr standhalten konnte, und davon, wie mich meine Frau rausgeschmissen hat, als ich den zweiten Monat in Folge krankgeschrieben zu Hause blieb. Das gesamte Kartenhaus fiel einfach so zusammen. Ich führte ein Scheinleben und merkte es nicht, weil ich jahrelang perfekt funktionierte. Ein Leben, das nur aus dem Verdienen von Geld bestand. Im Nachhinein bin ich schlauer und weiß, dass eine Beziehung

Zeit benötigt. Zeit, die ich uns nicht gegeben habe, weil ich zu versessen auf meine eigene Karriere war. Das Gefühl, mich in ihrer Gesellschaft einsamer zu fühlen als allein, war mir nicht Warnung genug.

Mittlerweile habe ich genug Abstand und kann sagen, dass mich meine Frau nie geliebt hat, sondern nur das, was wir darstellten. Sie hat allein unser Leben geliebt und ich bin mir noch nicht einmal sicher, ob sie unser Kind liebt.

»Und jetzt versucht sie, dich zu bestrafen, weil du ihr Leben zerstört hast?«, fasst Mumu treffend zusammen.

»Nun, so kann man es wohl ausdrücken.«

»Und sie hat dich echt aus deiner eigenen Wohnung geschmissen?«

»Sie hat gedroht, dass sie mich anzeigt, weil ich sie geschlagen hätte. Daraufhin bin ich freiwillig gegangen.«

»Das ist doch krass, Mann! Aber das hast du doch nicht, oder?«

»Natürlich nicht, aber mittlerweile würde ich ihre operierte Nase nur zu gern wieder in den Zustand verwandeln, den sie mal hatte.«

»Übel! Was für eine Bitch! Da ist deine Beule wirklich noch dein kleinstes Problem.«

Ich nicke stumm. Wie recht er doch hat. Seine Reaktion erinnert mich daran, in welcher Lage ich mich tatsächlich befinde. Es gibt Momente, in denen ich mich erwische, mir das Ganze schöner zu reden, als es ist.

»Das kannst du laut sagen, Mumu. Und welche Art der Hilfe kannst du mir nun anbieten?«, frage ich ihn halb im Scherz.

Er sieht mich hilflos an und zuckt mit den Schultern.

»Nun. Ehrlich gesagt habe ich nicht mit einer solchen Geschichte gerechnet. Aber so wie ich das sehe, machst du gerade alles noch viel schlimmer. Du musst mit dem Saufen aufhören. Bring dich wieder in Ordnung, dann hast du bestimmt auch Chancen auf das Sorgerecht.«

»Hast du eine Ahnung, Mumu. Wie soll das gehen? Wie soll ich meinem Kind denn eine Zukunft bieten mit einem Job als Haushaltsauflöser?«

Als der letzte Satz meinen Mund verlassen hatte, wusste ich sofort, dass ich ihn mir besser hätte sparen sollen. Das war Mumu gegenüber unfair.

»Du Arsch. Ich habe drei Kinder und es geht auch. Es kommt auf die Erziehung an, nicht auf die Kohle.«

»Sorry. Ich wollte dir nicht zu nahe treten.«

»Ja, ist okay. Wenn man mal ein sechsstelliges Jahresgehalt hatte, ist das hier vermutlich ein ziemlicher Abstieg.«

Ich entschließe mich, besser nichts mehr zu sagen. Fakt ist aber auch, dass ich meinem Sonnenschein von 1200 Euro netto kein Leben bieten kann, wie ich es mir für sie wünsche.

***

Uwe hat nicht gelogen. Der halb offene Container wurde pünktlich geliefert und steht direkt vor der Hauswand. Ich sehe die Wand hinauf und hoffe, dass er auch vor der passenden Wohnung steht. Ich ziehe die dicken Arbeitshandschuhe an, die Mumu mir gerade gereicht hat. Er weiß genauso gut wie ich, was jetzt folgt. Stundenlange Drecksarbeit. Wühlen in den siffigen Überresten einer gescheiterten Existenz.

Vielleicht habe ich mir den Job ja unbewusst gerade aus diesem Grund geholt. Hier wird mir immer wieder vor Augen geführt, dass es überall Menschen gibt, die es schlimmer hatten als ich. Die Gegend hingegen sieht nicht verkehrt aus. Frankfurt-Harheim. Ein netter Vorort, in dem man seine Kinder noch behütet großziehen kann.

»Also denn. Auf in die Schlacht«, sagt Mustafa, der auf dem kleinen Eingangspodest des Mehrfamilienhauses steht und bei Vukzevic klingelt.

»Der Vermieter?«, frage ich, erhalte aber keine Antwort, denn aus dem Lautsprecher kommt sofort ein Dröhnen, das entfernt an eine Stimme erinnert.

»Ja?«

»Trödel Rudzek«, antwortet Mumu genervt und verdreht die Augen dabei. »Wer denn sonst?«, flüstert er mir zu.

»Kommen Sie rein. Dritter Stock!«

Uns erwartet eine Dame im mittleren Alter mit ungemachter Frisur und olivfarbenem Hausanzug. Nicht gerade der Traum eines jeden Mannes.

»Ja«, brummt sie knapp, obwohl ein Hallo angemessener gewesen wäre, und reicht uns den Schlüssel.

»Einen Stock höher müssen Sie. Der Name ist Reckling. Und seien Sie nicht zimperlich. Da drinnen ist nichts von Wert. Werfen Sie alles weg. Der hat da drinnen gehaust wie ein Schwein«, flucht sie. »Ekelhaft. Was das alles kostet. Wir müssen sicher alles renovieren!«

Irgendwie verstehe ich ihre Wut. Aber die Leute verlottern mit Sicherheit nicht einfach so aus Spaß. Die Tür fliegt wieder zu und wir sehen uns ratlos an.

»Dumme Kuh«, flüstert Mustafa und nimmt mir die Worte damit aus dem Mund.

Die Tür, an der noch immer der Name Reckling prangt, wirkt ungleich bedrohlicher als die von Frau Vukzevic.

»Was uns wohl erwartet?«, frage ich, ohne die Hoffnung eine Antwort zu erhalten.

»Hoffentlich nichts mit Scheiße, oder so. Bitte nichts mit Scheiße«, fleht Mumu. »Mist«, flucht er. »Ich hab den Mundschutz vergessen. Wenn es da drinnen zu heftig stinkt, gehen wir wieder.«

Ich lasse seine Auslassungen unkommentiert, teile aber seinen Wunsch. Er dreht den Schlüssel im Schloss und öffnet die Tür, was nur möglich ist, weil jemand anderes, vermutlich Frau Vukzevic, bereits den Müll hinter ihr beiseitegeschoben hat. Eine muffelige, aber bekannte Geruchsmischung strömt uns entgegen. Eine Mischung, die entsteht, wenn zu viel Wärme mit zu großen Mengen an verdorbenen Lebensmitteln zusammenwirkt. Immerhin dringen keine beißenden Schwaden an meine Nase, die auf Exkremente schließen lassen. Weder von Ratten noch von Menschen.

Die kleine Wohnung sieht wirklich extrem aus. Ich glaube nicht, dass ich mich jemals komplett an einen solchen Grad der Verwüstung gewöhnen kann. Genau das Richtige für einen Freitagmorgen. Mustafa inspiziert das Wohnzimmer, ich stapfe gerade durch die Küche. Müllsäcke stapeln sich und bilden ein hellblaues Meer der Verwahrlosung. Auf einem schmutzigen Herd türmen sich die benutzten Bratpfannen und ich stimme Frau Vukzevic spontan zu. Hier gibt es mit Sicherheit nichts mehr von Wert. Plötzlich höre ich, wie Mumu etwas aus dem Wohnzimmer ruft.

»Wir haben Glück. Der Container steht direkt vor dem Wohnzimmerfenster!«

Immerhin, denke ich. Manchmal fügen sich die Dinge halt doch. Wir verbringen den gesamten Vormittag damit, Säcke in den Container zu werfen und die Wohnung gangbar zu bekommen. Den Rest des Tages räumen wir Schränke aus, füllen weitere Müllsäcke und zerkleinern die Einrichtung, um sie ebenfalls im Container zu beerdigen. Mustafa ist ein richtiges Arbeitstier. Während mir mein Kater den kalten Schweiß auf die Stirn treibt, wühlt er sich durch die Reste der Einrichtung. Dank Mumu wird die Wohnung pünktlich zum Feierabend leer.

Der Vertrag sieht besenrein vor, aber dazu gehört nicht, dass wir die Wohnung reinigen, denn das ist ohnehin nicht mehr möglich. Die Müllberge haben ihre Spuren hinterlassen. Wände und Fußböden müssen ebenso getauscht werden wie die Türen und deren Rahmen. Meist kann man von einer Wohnung sehr exakt auf deren Bewohner schließen. Bei Herrn Reckling ist das jedoch nicht der Fall. Er hatte scheinbar eine Sammelschwäche für alles. Nichts im Speziellen. Vielleicht war er auch einfach nur vereinsamt und täglich einkaufen, um einen Grund zu haben, die Wohnung zu verlassen. Die ganzen ungeöffneten Lebensmittel deuten jedenfalls darauf hin. Ich höre auf, mir den Kopf zu zerbrechen. Immerhin haben wir unseren Job für heute erfüllt und obwohl mir der Rücken schmerzt, habe ich das befriedigende Gefühl, eine mehr oder weniger sinnvolle Aufgabe zu Ende gebracht zu haben. Das war in meinem Leben nicht immer der Fall.

Kapitel 3

Abschreckung

Eigentlich hat er ja einen Gärtner, aber der ältere Herr lässt es sich nicht nehmen, sich selbst um den Rasen zu kümmern. Er lässt den Blick über das Grundstück schweifen und prüft die Länge der Halme. Sie müssen einen perfekten Schnitt haben, und so hat er den Rasen schon vor Jahren zur Chefsache erklärt.

Die langen Bahnen, die er mit dem Rasenmäher zieht, wirken ungemein beruhigend auf ihn. Das monotone Surren des Elektromähers und der frische Geruch des geschnittenen Grases ziehen ihn in eine andere Welt. Langsam kehrt wieder Ruhe ein und seine Sorgen rücken in den Hintergrund. Mit jedem weiteren Meter, den er mit dem Mäher zurücklegt, wächst die Gewissheit, dass er noch nicht einmal welche hat. Eher sind es kleinere Schwierigkeiten, denkt er, und gerade die gestalten seinen Arbeitsalltag erst interessant. Sein Problem ist allerdings, dass er sieben Tage die Woche arbeitet und jederzeit ansprechbar ist. Doch er weiß, dass er das nur schwer ändern kann. Das bringt seine Art von Geschäft nun mal mit sich.

Der Alte schnauft resigniert und denkt an seine Familie, die das Ganze auch nicht wirklich einfacher macht. Nicht zum ersten Mal wünscht er sich, dass er nur Angestellte hätte, die er im Zweifel auch sofort wieder loswerden könnte. Doch dann wird ihm klar, dass bei seiner Familie zumindest Verlass auf ihre hundertprozentige Loyalität ist. Eine

Eigenschaft, die er bei den wenigsten seiner Mitarbeiter vorfindet.

Der Mäher hinterlässt plötzlich büschelweise abgeschnittenes Gras auf dem Rasen. Ein Indiz dafür, dass der Auffangbehälter geleert werden muss. Das Oberhaupt der Großfamilie streicht sich den ergrauten Vollbart glatt und knöpft sich die Ärmel seines edlen Manschettenhemdes nach oben. Er liebt es, sich wie ein feiner Geschäftsmann zu kleiden. Insgeheim bewundert er die reichen Banker der Stadt. Sie verstehen es, viel Geld zu machen, ohne sich die Finger zu beschmutzen. Aber auch er hat es weit gebracht und besitzt ein riesiges Grundstück vor den Toren der Stadt. Fern von jedem Nachbarn genießt er mit seiner Familie die Ruhe und die Natur.

Abdullah ist aber kein Banker und heute ist es mal wieder an der Zeit, ein Zeichen zu setzen. Sich die Finger schmutzig zu machen, um damit das Bestehen des Unternehmens zu sichern. Er weiß nur zu gut, wie sein Geschäft funktioniert und wann die Notwendigkeit für Abschreckung besteht. Manchmal ist er sogar bereit dazu, Opfer dafür zu bringen. So wie an diesem Morgen. Als er schweren Herzens mit ansehen muss, wie sein erwachsener Sohn den Rasen zerstört, um ein mannshohes Loch im Garten auszuheben.

Ahmed, sein Sohn, wartet nun neben seinem Cousin in sicherer Entfernung und starrt auf die mittlerweile wieder zugeschüttete Grube. Es ist dem Familienoberhaupt wichtig, dass jeder der Anwesenden Zeuge des Schauspiels wird.

Auch Nasir, sein Enkel, steht bei ihnen und wagt es nicht, seinen Blick abzuwenden.

»Wenn das hier vorbei ist, mache ich einen Sandkasten für deine Mädchen aus der Kuhle«, sagt Abdullah und sieht zu seinem Sohn nach hinten. »Die werden sich freuen.«

In den Gesichtern der Zuschauer kann der alte Mann bereits erkennen, dass die Aktion seine Wirkung nicht verfehlen wird. Er wendet sich dem Mann zu, der vor Ahmed kniet und spricht absichtlich leise, denn er will, dass ihm jeder gespannt zuhört.

»Sag deinem Boss, dass er hier keinen Fuß fassen wird.« Abdullah flüstert beinahe. »Der Nächste von euch, der in meinem Territorium mit Drogen handelt, wird meinen Zorn ebenfalls spüren.«

Kowalski nickt verstört. Er sieht zu seinem eingegrabenen Verbündeten und ist froh, dass dieser bereits ohnmächtig ist.

»Und noch etwas«, sagt Abdullah, der seelenruhig den Behälter des Rasenmähers wieder einhängt. »Wenn du dich auf meinen Rasen erbrichst oder schreist, überbringe ich die Botschaft an deiner Stelle.«

Kowalski ist ein harter Hund und hat in Polen schon andere Grausamkeiten erlebt, aber nun kann er nicht mehr. Tränen der Wut und der Ohnmacht rinnen über seine Wangen.

»Ahmed!«, ruft Abdullah zu seinem Sohn. »Weck ihn auf. Er soll sehen, was ihn erwartet.«

Ahmed, der eine schlankere Version seines Vaters ist und eine ebenso große Hakennase besitzt wie dieser, gehorcht und läuft mit vorsichtigen Schritten auf den im Sand eingegrabenen Mann zu. Dann kniet er sich vor dessen leblosen Kopf, der aus der kleinen Kuhle herausschaut und schlägt ihm gegen die Wange. Es dauert, bis Kowalskis Partner wieder zur Besinnung kommt, aber als Ahmed schließlich wieder aufsteht und der Pole erkennt, was ihm bevorsteht, beginnt er erstickt zu schreien. Die Last seines Grabes schnürt ihm die Luft ab und je heftiger er an seinen Gliedmaßen zerrt, um sich zu befreien, desto mehr festigt sich der feine Sand. Die Todesangst setzt Unmengen an Adrenalin in seinem Körper frei und führt dazu, dass sein Kopf zu zittern beginnt wie ein Presslufthammer auf einer Baustelle.

Abdullah wartet, bis Ahmed außer Reichweite ist, dann zieht er am roten Plastikhebel und erweckt so den Rasenmäher wieder zum Leben. Begleitet von einem kehligen Brummen steuert Abdullah den Mäher auf den noch immer schreienden Kopf zu und lässt dessen Vorderreifen erst im letzten Moment kurz vor dem Aufprall nach oben gleiten. Das klopfende Geräusch, als die Messer des Rotors auf den Schädelknochen einschlagen, ist schrecklich. Abdullah verstärkt seinen Griff um den Mäher und drückt ihn immer wieder nach unten. Er genießt es. Als Nasir sieht, wie das Blut unter dem Mäher hervorschießt, kann er nicht mehr länger zusehen. Er schließt die Augen und ist damit nicht der Einzige.

***

»Es musste sein, Nasir«, rechtfertigt sich Abdullah vor seinem Enkel. Mit väterlicher Stimme spricht er weiter. »Mit diesem einen Opfer verhindern wir eine Menge an weiterem Blutvergießen. Die Polen werden es nicht wagen, uns noch einmal in die Quere zu kommen. Das verstehst du, oder?«

Nasir nickt. Er ist gerade zwanzig geworden und weiß, wie grausam sein Großvater sein kann. Aber das Geschäft läuft prächtig und so können seine Methoden auch nicht gänzlich falsch sein. Sie sitzen in Abdullahs Arbeitszimmer. Dunkle Möbel zieren den Raum. Der Innenarchitekt hat es offenbar nach einem amerikanischen Vorbild gestaltet. In den riesigen Schreibtisch aus Nussbaumholz ist eine feine, dunkle Granitplatte eingelassen. Nasir bewundert den Reichtum seines Großvaters und ist bereit für größere Aufgaben. Wieso auch sonst hätte Abdullah ihn zu sich rufen sollen?

»Großvater, ich verstehe das. Ich möchte gern mehr dazu beitragen, dass das Geschäft weiter wächst. Bitte, Großvater! Was kann ich tun?«

Abdullah lächelt. Sein Enkel ist fleißig, das wusste er schon immer zu schätzen. Er muss aber noch viel lernen und der alte Mann ist sich nicht sicher, wie er mit großer Verantwortung umgehen wird. Bisher hat er nur die Tätigkeiten eines Laufburschen erledigt und sie achten darauf, dass seine Verbrechen ein gewisses Maß nicht überschreiten. Aber irgendwann muss die Schonzeit auch vorbei sein, dachte Abdullah und so hat sich der Alte einen guten Test für seinen Enkel ausgedacht.

»Das ist schön, Nasir. Du sollst deine Chance bekommen.«

Abdullah bückt sich und schiebt eine schwarze Sporttasche zum Stuhl seines Enkels nach vorn. Die Tasche erzeugt ein leises Schleifgeräusch und kommt genau vor ihm zum Stehen.

»Sieh hinein.«

Nasir gehorcht und öffnet den Reißverschluss der schweren Tasche. Was er zu Gesicht bekommt, raubt ihm den Atem.

»Meine Fresse. Wie viel ist das?«

»Die Einnahmen eines ganzen Monats. Knapp fünf Millionen.«

Sein Stolz ist Abdullah ins Gesicht geschrieben. Nasir sieht zum ersten Mal so viel Geld auf einmal und staunt noch immer. Die Tasche ist randvoll mit Geldbündeln großer Scheine. Sie wiegt mindestens fünfzehn Kilogramm.

»Scheiße. Was soll ich damit, Großvater?«

»Achte auf deine Ausdrucksweise!«, tadelt der Alte, der höchsten Wert auf Umgangsformen legt. »Du bringst das Geld zu unserem Sekretär, der es für uns wäscht.«

Nasir kann kaum glauben, was er hört. Abdullah hat von einer Chance gesprochen, aber mit einer so wichtigen

Aufgabe hat er nicht gerechnet. Normalerweise ist es allein sein Vater, dem Abdullah das Geld anvertraut. Nasir will sich seine Unsicherheit auf keinen Fall anmerken lassen, aber sein Großvater erkennt das Flackern in seinen Augen sofort.

»Nasir, ich vertraue dir. Das ist viel Geld und dessen Verlust werde ich nicht einfach hinnehmen. Du wirst das Geld morgen Abend um Punkt acht Uhr zu dieser Adresse bringen.«

Abdullah schiebt einen kleinen Zettel über die Granitplatte.

»Wir wechseln den Übergabeort jedes Mal. Es ist ganz einfach. Du gehst zu dem parkenden Auto und legst die Tasche in den Wagen. Das ist alles.«

Nasir überlegt. Er hat noch Tausende Fragen, aber nur die ihm wichtigste stellt er.

»Wie erkenne ich denn den Wagen?«

Abdullah sieht ihn eindringlich an.

»Kennst du diese Adresse?«

»Nein«, antwortet Nasir wahrheitsgemäß.

»Das ist ein Schrottplatz außerhalb der Stadt. Dort wirst du keinen anderen Wagen mit laufendem Motor vorfinden.«

Kapitel 4

Meine Sonne scheint

Ich spüre, dass mein Körper mich wecken will, aber die Wärme des Bettes hüllt mich noch immer in sanftes Wohlbehagen und ich ziehe die Decke wieder ein Stückchen höher, damit ich den Schein des Tageslichtes noch für ein kleines Weilchen aussperren kann. Unbewusst weiß ich, dass es Sonntag ist und mein Wecker nicht klingeln wird. Entspannung setzt ein und das Traumland rückt wieder ein Stück näher. Glück erfüllt mich, denn ich bin ein liebender Ehemann und Vater. Fast übereifrig klammere ich mich an die letzten Erinnerungen meines Traumes. Was war es nur? Es hat sich so gut angefühlt. Plötzlich dringt wütendes Gebrüll aus der Wand hinter mir. Marie? Nein, das kann nicht sein. Ihr Zimmer befindet sich auf der anderen Seite des Hauses. Außerdem ist sie zu alt für unsinniges Gebrüll. Das Schreien wird deutlicher und damit auch die Erkenntnis, dass ich in den Traum nicht mehr hineinfinden werde. Ich bin wach, erinnere mich und ärgere mich darüber, dass mich mein Verstand noch immer zum Narren hält und ich ihm erneut auf den Leim gehe. Ich schüttele leicht den Kopf, um zu prüfen, ob der Kater von gestern noch nachwirkt, aber bis auf die Erinnerungen an früher ist nicht Schmerzhaftes zu spüren. Das Gebrüll des Nachbarjungen ebbt ab und ich verlasse das Schlafzimmer, um meinem morgendlichen Kaffeeritual nachzukommen. Viel Luxus erlaube ich mir nicht mehr, aber einen guten Kaffee aus der Frenchpress habe ich noch nicht aus meinem Leben verbannt.

Die Kaffeemühle macht einen Höllenlärm, befreit mich jedoch kurzzeitig aus meinen Gedanken. Alles läuft automatisch. Den Wasserkocher kurz abkühlen lassen, dann den gemahlenen Kaffee in die Frenchpress geben, das Wasser einfüllen, einmal umrühren und für vier Minuten ziehen lassen. Und wieder habe ich vier Minuten Zeit, mich mit mir selbst zu beschäftigen.

Mein Leben lässt mich mit meinen Gedanken allein und bestraft mich auf seine Weise. Ich denke an meinen alten Job und daran, was wäre, wenn ich ihn wieder aufnehmen würde. Sofort schnürt sich mein Magen zusammen. Die Luft bleibt mir weg und kalter Schweiß breitet sich auf meiner Stirn aus. Eine Panikattacke ist im Anflug und ich hasse mich dafür, dass ich mich anstelle wie ein kleines Mädchen. Mein Körper reagiert so heftig, dass ich vermutlich doch besser mal professionelle Hilfe in Anspruch nehmen sollte, aber das Kind ist schon vor vielen Monaten in den Brunnen gefallen.

Endlich. Die vier Minuten sind um und ich kann mich wieder meinem Ritual hingeben. Die braune Flüssigkeit dampft und verströmt einen himmlischen Geruch. Ganz genießen kann ich den Kaffee nicht, denn tief in mir ist noch ein anderes Verlangen. Meine Hände zittern und ich merke, dass mir ein Bier anstelle des Kaffees noch besser schmecken würde. Ich presse die freie Hand so lange auf die Tischoberfläche, bis sie aufhört zu vibrieren. Vergeblich warte ich darauf, dass sich auf diese Weise auch das Verlangen nach Alkohol unter Kontrolle bringen lässt. Weit gefehlt. Stattdessen fallen mir jedoch Mustafas Worte ein. Er mag ein schlichter Zeitgenosse sein, aber seine Analyse war treffend. Ich mache alles nur noch schlimmer und muss mich endlich wieder in den Griff bekommen.

Heute ist ein besonderer Tag. Ich gehe mit Marie in den Zoo und möchte mich für sie ein wenig herausputzen. Sie soll auf keinen Fall etwas davon mitbekommen, wie es mir geht.

Im Schrank warten jede Menge maßgeschneiderte Hemden auf mich. Einen Grund zur Freude habe ich dennoch nicht, weil sie mich daran erinnern, was sich in meinem Leben alles verändert hat. Ich nehme das dunkelblaue von Olymp. Getragen habe ich das Hemd noch nie. Es war mir nie tailliert genug. Der Stoff ist fest und bügelfrei. Für ein so günstiges Hemd fühlt es sich erstaunlich gut verarbeitet an. Silkes Worte klingeln plötzlich in meinen Ohren.

»Was willst du denn mit dem billigen Fetzen?«, hat sie gefragt.

Es steht mir ganz gut. Die Knöpfe lassen sich problemlos schließen, verraten aber, dass ich locker fünfzehn Kilo mehr auf den Rippen habe. Eigentlich nicht so viel. Zumindest in Relation mit meiner Größe von einem Meter neunzig. Es spannt trotzdem ein wenig an meinem Bauch. Früher hätte ich mich so nicht akzeptiert. Genauso wenig wie den ausgewachsenen Kurzhaarschnitt, der nur noch durch den Seitenscheitel entfernt an George Clooney erinnert. Für Heulerei ist aber keine Zeit, denn ich bin schon spät dran und muss noch ihr Geschenk aus der Verpackung nehmen. Ein Smartphone. Sie ist zwar erst zehn, aber es ist auch nur ein einfaches Android-Phone in der Klasse unter zweihundert Euro. Ganz uneigennützig ist meine Aktion auch nicht, denn ich erhoffe mir dadurch mehr Kontakt zu ihr.

***

In den letzten Monaten hat sich an meinem alten Wohngebiet wirklich nichts verändert. Es hinterlässt den gleichen dekadenten Eindruck wie am ersten Tag. Herrschaftliche Villen säumen die Straße. Eingepfercht von perfekt gepflegten grünen Vorgärten und mannshohen Steinmauern, deren schmiedeeiserne Tore die Initialen ihrer Besitzer tragen. Der Traum, dass meine Initialen mal dort zu sehen sein würden, erscheint mir in meiner jetzigen Situation peinlich und unangebracht. Dieser zur Schau gestellte Reichtum beeindruckte mich damals. Aus diesem Grund habe ich das Penthouse ja auch gekauft. Als sichere Wertanlage für meine kleine Familie und als Zeichen unseres Wohlstandes. Wie naiv ich doch war.

Das tiefe Bollern eines dicken Wagens hallt plötzlich in meiner Ohrmuschel und lässt mich aufsehen. Doch es handelt sich nicht um einen einzigen Wagen. Eine ganze Kolonne glänzender Nobel-SUVs fährt an mir vorbei. Ich erkenne top gestylte Mütter am Steuer. Sie bringen ihre Kinder in den dreihundert Meter entfernt liegenden Privatkindergarten. Ein Spiel, das ich ebenfalls jeden Morgen mitgespielt habe. Ich drehe den Kopf ein wenig, damit mich keiner der ehemaligen Nachbarn erkennt, und laufe an den satt begrünten Ahornbäumen entlang. Sie zieren die Allee und lassen die Gegend noch imposanter wirken. Die Luft ist merklich besser als in meinem jetzigen Stadtteil. Da soll noch mal jemand sagen, dass die Reichen dieselbe Luft atmen würden.

Die Allee nähert sich dem Ende und mein Unwohlsein nimmt zu. Der Puls steigt, meine Speiseröhre droht damit, das Innere meines Magens nach oben zu befördern. Ich fühle mich wie vor einem Bewerbungsgespräch, bei dem man nicht weiß, was einen erwartet, aber damit rechnen muss, in alle Bestandteile zerlegt zu werden. Ich bin ein erwachsener Mann und verhalte mich wie ein unsicherer Heranwachsender. Hätte ich nicht schon eine Beule am Kopf, würde ich mir glatt selbst eine verpassen, um endlich wieder zur Besinnung zu kommen.

Wenige Meter später ragt die mehrstöckige Jugendstilvilla vor mir in die Höhe und wirkt bedrohlicher, als ich sie in Erinnerung habe. Mein letzter Besuch ist schon wieder vier Wochen her und dabei muss ich schon froh sein, dass ich Silke endlich überreden konnte, meinen Sonnenschein wiedersehen zu dürfen. Bitten und betteln musste ich und letzten Endes weiß ich noch nicht einmal, was sie schließlich dazu bewogen hat, diesen Sonntag zuzulassen.

Ich schüttle die Gedanken beiseite, schlucke den Knoten im Hals herunter und drücke auf die Klingel, an deren Schild mein Name eingraviert ist. Als ich den Summton vor mir wahrnehme und nach der verschnörkelten Messingklinke der riesigen weißen Massivholztür greifen will, weicht sie meiner Hand plötzlich aus und gleitet nach hinten. Unvermittelt baut sich Dietrich, der Hausmeister, vor mir auf und wirkt erschrocken.

»Herr Hauser! Guten Tag. Mit Ihnen habe ich ja jetzt nicht gerechnet.«

Sein entgeisterter Gesichtsausdruck weicht einem milden Lächeln.

»Schön, Sie mal wiederzusehen, Herr Hauser«, schiebt er nach.

Ich mustere den ergrauten Herrn, mit dem ich mich immer so gut verstanden habe.

»Hallo Dietrich. Ich freue mich auch, Sie zu sehen. Geht es Ihnen gut?«

»Mir geht es gut. Wie soll es einem so alten Sack wie mir auch gehen? Ich überanstrenge mich nicht und genieße das warme Wetter«, lacht er los.

Sein Blick fällt auf meine Stirn und treibt mir damit die Schamesröte ins Gesicht.

»Aber wie geht es Ihnen?«, fragt er. Seine Stimme wird merklich leiser. »Eine Schande ist das, was mit Ihnen da angestellt wird. Ich verachte das zutiefst. Das wollte ich Ihnen schon immer sagen, aber Sie waren so plötzlich weg.«

Ich schnaufe durch. Aus diesem Grund treffe ich ungern Menschen aus meiner Vergangenheit. Jedes Mal muss ich mich erklären, Mitleid ertragen und jede Menge schlauer Ratschläge anhören. Aber seine Empörung fühlt sich trotzdem nicht falsch an.

»Nun, mir geht es ebenfalls gut«, lüge ich. »Mal von der Bekanntschaft mit meinem Nachttisch abgesehen«, lüge ich wieder und zeige dabei auf meine Beule. Bevor das Gespräch noch unangenehmer wird, gehe ich unsicher einen Schritt auf den Spalt in der offen stehenden Türe zu. Dietrich versteht das Signal und tritt beiseite, jedoch nicht, ohne eine weitere Bemerkung zu machen.

»Herr Hauser, wenn Sie gestatten.« Dietrich macht eine bedächtige Pause und zieht die Stirn in Falten. »Es kommen auch wieder andere Zeiten. Ein Leben ist lang und besteht aus vielen Phasen. Halten Sie durch.«

Erstaunt über die offenen Worte des Hausmeisters bringe ich nicht viel mehr als ein leises Murmeln heraus und trete einen weiteren Schritt in den Windfang.

»Ja Dietrich«, besinne ich mich. »Ganz bestimmt. Ich wünsche Ihnen einen schönen Tag.«

Der Alte nickt versöhnlich und hält mir die Türe auf.

»Ebenso, Herr Hauser. Ebenso.«

Die Tür hinter mir schließt sich und ich denke darüber nach, was ich eigentlich alles verloren habe, dass mich sogar schon ein Hausmeister bemitleidet. Bis auf jede Menge Geld und ein Job, den ich gehasst habe, fällt mir nur ein wirklich schmerzhafter Verlust ein. Marie. Sie wartet oben.

Ich drücke auf den Knopf der im krassen Gegensatz zum Haus modern gehaltenen Fahrstuhlkarkasse. Es rumpelt kurz und der Fahrstuhl saust nach unten. Ich steige ein, damit er mich zu meinem kleinen Mädchen bringt.

Die einzige Tür des Stockwerks steht einen Spalt weit offen. Ich klopfe an meiner eigenen Tür und warte darauf, dass mich Silke hereinbittet. Den üblichen Streit möchte ich unbedingt vermeiden und nehme mir vor, den Kontakt so kurz wie möglich zu halten.

In Begleitung eines sanften Luftzuges gleitet die Türe auf und Silke blickt mich aus ihren kalten Augen herablassend an. Ich weiß schon jetzt, dass ich meinen Vorsatz brechen werde.

»Mal wieder zu spät, was?«

Aus der Wohnung dringt der penetrante Geruch einer Zigarre. Mein Blick fällt in den Flur direkt vor mir und auf hochpreisige braune Lederschuhe, in denen ich das Ferragamo-Label beinahe schon so gut erkennen kann, wie die Zigarren schmecken. Obwohl ich bei dem Gedanken, dass meine kleine Marie von einem Fremden zugepafft wird, sofort ausrasten könnte, versuche ich, mich zu beherrschen. Ich darf auf keinen Fall die Kontrolle verlieren. Aus Reflex sehe ich auf mein Handgelenk, bemerke aber, dass ich gar keine Uhr mehr trage.

»Vielleicht fünf Minuten, ja.«

»Du siehst ja mal so richtig scheiße aus, Thomas.«

Wieder steigt Wut in mir auf, als ich ihren neuen Gucci-Bademantel bemerke. Mit Sicherheit ein Geschenk. Die Wut zündelt in mir und der letzte Kontoauszug flattert wieder schemenhaft vor meinem geistigen Auge. Am liebsten würde ich sie zur Rede stellen und fragen, warum sie ihren Wellnessausflug von unserem Gemeinschaftskonto bezahlt hat. Es brodelt und ich bin mir nicht mehr so sicher, ob ich mich kontrollieren kann.

»Du siehst toll aus, Silke«, platzt es aus mir heraus. »Im Gegensatz zum Rest stehen deine Möpse sicher auch in dreißig Jahren noch wie 'ne eins.«

Kaum ausgesprochen, bereue ich meine Worte wieder. Einen sonderlich souveränen Auftritt lege ich gerade nicht hin. Silke betrachtet mich eingehend.

»Du erbärmlicher Loser. Pass lieber auf, wie du dich gegenüber der Mutter deiner Tochter gibst. Denk daran, dass das heute nur mein guter Wille ist. Wenn ich es darauf anlege, siehst du sie nie wieder.«

Auf einmal zieht sie ihr riesiges Smartphone aus dem Bademantel und macht ein Bild von mir. Was zum Teufel? Plötzlich schießt ein heißer Schwall Adrenalin durch meinen Körper. Der Groschen fällt und ich frage mich einmal mehr, wer diese bösartige Frau eigentlich ist.

»Schau dich an, Thomas.«

Sie hält mir das Handydisplay vor die Nase. Ich erkenne mein mitgenommenes Gesicht. Die letzten Minuten haben mich wieder um Monate altern lassen.

»Ein weiterer Beweis dafür, wie untauglich du als Vater bist. Thomas! Ein erbärmlicher Säufer bist du. Nicht mehr und nicht weniger. Das Familiengericht dürfte sich für deine Sauftouren sicherlich interessieren. Vor allem dann«, sagt sie und wedelt mit dem Smartphone, »wenn sie ein solches Ende haben.«

Ich muss einen ziemlich verdatterten Eindruck machen, denn ihr fein gezeichnetes Gesicht verzieht sich zu einem höhnischen Grinsen. Fassungslos lässt sie mich zurück und brüllt etwas Unverständliches in die Wohnung. Ich strenge mich an, verstehe es aber dennoch nicht. Das dumpfe Rauschen meines Herzschlages blockiert all jenes, was versucht, meinen Gehörgang zu passieren. Meine Wut weicht der gewohnten Ohnmacht und die Lust, ihr die Zunge herauszureißen, einer schicksalsergebenen Stille, die Silke erneut mit ihrer schrillen Stimme durchbricht.

»Marie! Komm endlich. Thomas ist da!«

Keine Minute vergeht, da höre ich schon Maries schnelle Schritte im Flur hallen. Sie sorgen dafür, dass mir zum ersten Mal seit Tagen warm ums Herz wird. Silke will von der Szene scheinbar nichts mitbekommen und geht kommentarlos in das Penthouse zurück. Soll mir nur recht sein.

»Papa!«

»Marie! Meine kleine Sonne!«

Sie springt mir mit Anlauf in die Arme und ich kann mich gerade noch schnell genug ducken, um sie zu fangen. Jegliche Erniedrigung von eben ist wie weggeblasen. Alles, was bleibt, sind Freude und das Gefühl zu leben. Ich drücke das quirlige Bündel fest an mich und atme den bekannten Duft meiner Tochter ein. Nach gefühlten Minuten lasse ich sie widerwillig herunter und bemerke ihre feuchten Augen. Ich knie mich zu ihr herunter und obwohl es schmerzt, die eigene Tochter weinen zu sehen, fühle ich auch Erleichterung über die einkehrende Gewissheit, dass sie mich vermisst hat.

Sie begutachtet mein Gesicht. Oh nein! Meine Beule hatte ich schon wieder ganz vergessen.

»Was hast du denn gemacht, Papa? Tut das weh?«

»Nein, Süße, das tut nicht weh. Hab mir nur im Dunkeln den Kopf angeschlagen, das ist alles. Los, Marie«, sage ich und streichle ihr über das lockige braune Haar, »lass uns gehen. Die Affen warten schon auf uns.«

***

Im Zoo herrscht ein ziemliches Gedränge. Ich bin nicht der einzige Papa, der mit seinem Kind unterwegs ist. Aber wen wundert es? Es ist Wochenende und die Temperatur beträgt fast zwanzig Grad. Marie steht neben mir und sieht verträumt den Affen beim Spielen zu. Ich frage mich, was in ihr vorgeht. Die Kleine kann ein echtes Rätsel sein. Wir haben den ganzen Tag nur über Lappalien gesprochen, dabei habe ich das Gefühl, dass es ihr nicht gut geht. Aber vielleicht rede ich mir das auch nur ein? Vielleicht geht es ihr ja prächtig und sie kommt mit der jetzigen Situation besser zurecht, als es mir lieb ist. Und die stürmische Begrüßung von vorhin war nur ein Moment, dem ich zu viel Bedeutung geschenkt habe. Ich folge ihrem Blick und beobachte ein kleines Orang-Utan-Baby, das an seiner Mama herumklettert und sichtlich Spaß dabei hat. Der Zoo hat versucht, eine kleine Steinlandschaft nachzubilden. Das Ergebnis hinterlässt aber nur einen weniger geglückten Eindruck. Die braunen Steinwände sehen aus, als hätte sie der Malerazubi aus Gips modelliert und anschließend mit seinem Morgenkakao gefärbt.

Seine öde Heimat stört den kleinen Affen jedoch kein Stück. Im Gegenteil. Mit seinem fröhlichen Gesichtsausdruck und dem abstehenden braunen Fell sieht das Affenkind aus, als wäre es einem Trockner nach einer frischen Wäsche entsprungen.

Ich könnte hier noch Stunden mit Marie verbringen, aber die Zeit rennt und irgendwie muss ich ihrem Seelenleben noch auf die Spur kommen. Meine linke Hand steckt in der Hosentasche meiner Jeans und betastet das neue Smartphone, das ich ihr geben will. Ich gebe mir einen Ruck. Wie kompliziert können zehnjährige Mädchen schon sein?

Ich lehne mich tiefer an das Geländer, um mit ihr auf Augenhöhe zu sprechen.

»Sag mal, Marie? Wie geht es dir eigentlich mit deiner Mama zu Hause?«

»Was meinst du?«, fragt sie leicht verwundert.

»Na, kümmert sie sich gut um dich?«

»Na ja, so wie immer halt.«

»Und das heißt?«, bohre ich nach.

»Ich weiß nicht. So wie immer eben.«

Das Gespräch gestaltet sich schwieriger, als gedacht. Ich muss mir eine andere Taktik einfallen lassen. Ein paar Sekunden verstreichen, dann sieht sie mir direkt in die Augen und wirkt verärgert.

»Wenn du wieder bei uns wohnen würdest, müsstest du nicht fragen!«, wirft sie mir vor und trifft damit voll ins Schwarze.

»Süße, das war nicht allein meine Entscheidung«, will ich mich rechtfertigen, komme aber keine zwei Sätze weit, weil Marie plötzlich anfängt zu schluchzen.

»Ist doch egal! Wieso bekommt SIE immer alles, was sie will.«

Die Leute sehen zu uns rüber, aber mich kümmert das gerade einen Scheiß. Endlich sagt sie, was sie denkt.

»Ich bin ihr egal!«

Dicke Tränen schießen ihr aus den Augen.

»Nein, Süße, bist du nicht«, sage ich, befürchte aber, dass sie tatsächlich recht hat.

»Wieso kommst du nicht einfach zurück zu mir? Oder lass mich zu dir! Ich weiß nicht mal, wo du wohnst!«

Sie schreit nahezu und mein Herz zerspringt fast. Am liebsten würde ich hemmungslos mit heulen.

»Pass auf, Schatz. Die Situation gibt gerade einfach nicht mehr her. Aber ich arbeite daran und dann hole ich dich zu mir.«

Ich bete dafür, dass ich meine kleine Tochter gerade nicht anlüge, aber dafür muss ich mich endlich zusammenreißen und wieder richtig Geld verdienen.

Marie beginnt, sich wieder zu beruhigen.

»Wirklich? Bitte, Papa. Ich vermisse dich.«

Scheiße, das tut weh. Ich nehme sie in den Arm und streiche ihr über den Kopf. Damit tröste ich aber vor allem mich selbst.

»Mama hat gesagt, dass du mich nicht mehr sehen willst. Stimmt das?«

»Hast du das etwa geglaubt?«

Sie schluchzt wieder.

»Nein.«

»Das stimmt auch nicht. Ich liebe dich und verspreche dir, dass du ganz bald wieder bei mir bist.«

Diese verfluchte Schlampe. Was denkt sie sich nur? Ihre Abneigung zu mir macht nicht einmal vor ihrem eigenen Blut halt. Mir fällt das Smartphone wieder ein und ich ziehe es aus der Tasche.

»Sieh mal, Marie. Das habe ich dir gekauft, damit wir über WhatsApp miteinander sprechen können.«

Ein Lächeln huscht ihr übers Gesicht und sie beginnt, in ihrer Umhängetasche herumzukramen. Ich muss genauer hinsehen, aber es ist tatsächlich ein iPhone, das sie aus ihrer Tasche gezogen hat.

»Wo hast du das denn her?«

»Das hat mir Leopold geschenkt, weil er ein Neues gekauft hat.«

Leopold. So heißt Mr. Zigarre also. Da ist sie wieder, die Wut.

»Wie verstehst du dich mit ihm? Wohnt er schon bei euch?«

»Keine Angst, Papa. Er ist ein Idiot, aber er ist schon ziemlich oft da.«

»Hmmmm«, bringe ich gerade so heraus.

Diese Schmeißfliege setzt sich in ein gemachtes Nest.

»Ach Papa, ich mag ihn nicht, aber das iPhone war geschenkt, also hab ich es genommen.«

»Und deine Nummer? Hat er dir die auch besorgt.«

Neben der Wut erkenne ich auch eine gute Portion Eifersucht in mir aufsteigen.

»Nein. Prepaid. Habe ich von meinem Taschengeld bei Aldi gekauft.«

»Du schlaues Ding. Von deiner Mutter hast du das nicht und von mir offensichtlich auch nicht.«

Sie grinst stolz und bewirkt damit, dass ich an meine eigene Kindheit denken muss. Ich erinnere mich kaum an sie, weiß aber noch, wie perplex ich war, als ich herausgefunden hatte, dass man mit einer Konsole Spiele aus der Spielhalle auch zu Hause spielen konnte. Das war technisch für mich reinste Zauberei. Kein Vergleich zu dem, mit was sich die Kinder heutzutage schon beschäftigen.

»Darf ich das Handy trotzdem haben? Ich meine, das ist von dir und dann habe ich eine eigene Nummer nur für dich.«

»Klar, Süße.«

Mit ihrem Kleinmädchencharme könnte sie einen ganzen Zirkus von mir bekommen, hätte ich denn das Geld dazu. Ich strecke ihr das Motorola entgegen und bemerke, wie unnatürlich riesig das ohnehin schon große Smartphone in ihren kleinen Händen wirkt.

»Ist schon fertig eingerichtet. Du hast eine eigene E-Mail-Adresse, aber wahrscheinlich hättest du das selbst besser hinbekommen.«

»Cool!«

Marie wiegt das neue Handy in ihren Händen und entsperrt das Display mit gekonnter Geste.

»Hat sogar einen größeren Bildschirm als das iPhone.«

Endlich verstehe ich wirklich, was ein Digital Native ist. Meine zehnjährige Tochter erstaunt mich immer wieder.

Kapitel 5

Fremde Betten

Die S-Bahn-Fahrt kommt mir länger und trister vor als sonst. Der Welt hinter der Glasscheibe fehlt die Farbe. Nicht einmal die heulenden Kleinkinder im Viererblock vor mir schaffen es, mir auf die Nerven zu gehen. Stattdessen beobachte ich die überforderte Mutter, die in einer mir nicht bekannten Sprache auf die beiden einredet. Die Kleinen sind nicht zu beruhigen und schreien sich in Rage. Die Leute um mich herum stöhnen bereits und fangen an zu tuscheln, als würde das die Situation verbessern. Die verhüllte Frau nimmt den Lauteren der beiden auf den Arm und lässt ihn auf ihrem Knie auf und ab wippen, was zur Folge hat, dass er tatsächlich ein wenig ruhiger wird. Dafür plärrt der andere lauter. Er fühlt sich wohl vernachlässigt. Das kann ich gut verstehen, aber mittlerweile geht mir das beißende Geschrei auch ziemlich auf den Zeiger. Wahnsinn, was die beiden für einen Schalldruck entfesseln. Ich spüre, wie der Zug sanft abbremst, und erkenne die Haltestelle vor uns. Entweder haben wir Glück, oder die Mutter hat ein Einsehen und macht sich fertig, um die Bahn zu verlassen. Da hatten wir früher mehr Glück, denke ich mir, als ich ihr hinterher sehe. Marie war zum Glück kein Schreikind. Oder aber ich habe es einfach nie mitbekommen.

Vereinzelt höre ich, wie die Leute aufatmen, als wieder Ruhe einkehrt. Wobei Ruhe relativ ist. Leute sprechen unnötig laut in ihre Handys oder beschallen das Abteil mit kaum ausreichend gedämpften Kopfhörern. Das tägliche Übel eben. Rücksicht war gestern. Wir nähern uns meiner Haltestelle und ich bin froh, dass die Fahrt einfach ein Ende hat. Hoffentlich schafft es wenigstens Mumu, mich ein wenig aufzuheitern. Ich bemerke, wie mich der gestrige Tag mehr mitgenommen hat, als ich dachte. Meiner Kleinen geht es nicht gut. Das fühlt sich scheiße an. Aber vor allem macht sich mein schlechtes Gewissen bemerkbar, weil mir gerade wieder klar wird, dass ich die letzten Monate einfach zu sehr mit mir und meinem Selbstmitleid beschäftigt war. Schon längst hätte ich zum Anwalt gehen müssen. Aber die Angst, mit klaren und harten Worten konfrontiert zu werden, war bisher einfach zu groß.

Dabei weiß ich es ja selbst.

Tommy! Lass das Saufen sein, such dir einen besseren Job, mit dem du ähnlich gut klarkommst, und verdiene so viel, dass du deiner Kleinen halbwegs was bieten kannst. Dann kann dir das Gericht auch das Sorgerecht nicht komplett absprechen.

Aber das ist nur die eine Seite der Medaille. Die andere heißt Silke und sie hat mir versprochen, mich auseinanderzunehmen. Ich habe keine Angst vor ihr, aber die Erfahrung hat gezeigt, dass sie äußerst kreativ sein kann.

»Tommy! Tommy!«

Verwirrt höre ich jemanden gegen den Maschendrahtzaun neben mir schlagen. Ich sehe mich um und stelle fest, dass ich fast an Trödel Rudzek vorbeigelaufen wäre. Chang steht hinter dem Zaun und grinst mal wieder.

»Hey Chang. Ja. Alles okay. Auch schon wieder wach, was?«

»Komm rein, Tommy. Ein neuer Arbeitstag!«, nuschelt er und freut sich erneut.

Beneidenswert.

»Ist gut. Entspann dich«, sage ich, wohlwissend, dass es nichts bringt. Stattdessen macht er Luftsprünge und rennt wie Quasimodo zum Hofeingang. Ich frage mich wirklich, wo er sich diesen Gang abgeschaut hat, denn körperlich ist er eigentlich fit.

Heute bin ich wenigstens nicht zu spät und schaffe es, zuerst in meine graue Latzhose zu schlüpfen, bevor mich Uwe anmaulen kann.

»Wozu habe ich eigentlich Mitarbeiter?«, brüllt er aufgebracht.

Er sieht aus, als hätte er das ganze Wochenende in seinem Stuhl hinter dem Schreibtisch verbracht. Das Haar klebt gewohnt an seinem Hinterkopf und die Glatze davor glänzt fettig. Immerhin sitzt er heute aufrecht. Ich starre ihn wie ein Eichhörnchen an, weil ich sowieso weiß, dass er einen Monolog im Sinn hat.

»Entweder bist DU zu spät oder der dämliche Türke. So geht das wirklich nicht weiter!«

Natürlich könnte ich erwähnen, dass Mustafa, seit ich hier bin, noch keinen Tag zu spät war, aber bringen würde das nichts. Stattdessen sehe ich Uwes Doppelkinn beim

Hin- und Herwippen zu. Ein geradezu hypnotisches Schauspiel.

»THOMAS! VERDAMMT! Hörst du mir zu? Ich habe gefragt, ob du das auch allein schaffst?«

Ich stutze, weil ich wohl tatsächlich ein paar Sekunden zu sehr abgelenkt war.

»'Tschuldige. Was? Habe mir gerade Sorgen um Mumu gemacht.«

»Ja nee, ist klar. Ein Ausräumjob. Schaffst du so etwas auch allein?«

Da sieht man mal wieder, wie wenig Ahnung Uwe von unserer Arbeit hat.

»Eher nicht, Uwe. Entrümpeln schon, aber Möbel allein in den Lieferwagen packen, ist fast unmöglich.«

»Scheiße! Das ist scheiße!«, flucht er. »Dann nimm das Schlitzauge mit!«

Na super. Der Tag fängt ganz prächtig an. Wo zur Hölle steckt Mustafa?

»Ehm. Ja«, sage ich wenig überzeugt. »Meinetwegen.«

Kaum habe ich mich mit meinem neuen Partner abgefunden, höre ich hastige Schritte hinter mir.

»Wird nicht notwendig sein«, platzt Mumu heraus und sorgt damit bei mir für immense Erleichterung. »Sorry, Chef. Hatte Probleme zu Hause.«

Zu meiner Verwunderung reagiert Uwe nicht mit einem Wutausbruch, sondern hört sich fast resigniert an und starrt auf den Schreibtisch.

»Ach. Eure Probleme möchte ich mal haben.«

Ich nutze die Gelegenheit und flüstere in Mumus Richtung:

»Was Schlimmes?«

Er schüttelt noch rechtzeitig den Kopf, bevor Uwe wieder aufsieht und erneut lauter wird.

»Also, ihr Schnorrer! Als Strafe habe ich heute was ganz Feines für euch! Es geht in die Ahornstraße.«

Uwe grinst dabei verschmitzt und mir schwant auch, wieso. Über die Ahornstraße habe ich schon in der Presse gelesen. Ein Problembezirk.

»Die Wohnung eines älteren Herrn muss ausgeräumt werden. Keine Angehörigen. Geht also alles an uns. Seid deshalb besonders vorsichtig mit den Möbeln. Und macht eure Arbeit verdammt noch mal gut. Das ist ein Auftrag der Stadt. Wenn wir gut sind, kommen da noch mehr Aufträge rein!«

Ich erkenne an Mumus verstörtem Gesichtsausdruck, dass auch er die Ahornstraße einzuordnen weiß.

»Chef«, setzt er an. »Hast du denn auch Polizeischutz für uns organisiert?«

»Polizeischutz? Wir sind hier in Frankfurt und nicht in Aleppo, ihr Knalltüten.«

Der Kugelschreiber macht einen kleinen Satz, als Uwe mit seiner dicken Faust auf den Tisch schlägt.

»Jetzt stellt euch mal nicht so an! Das ist eine Wohngegend wie jede andere auch. Ahornstraße 115. Dobrev ist der Name.«

Uwe versucht, sich vorzubeugen, um mir den Schlüssel zu reichen, kommt mir aber kaum einen halben Meter entgegen, weil sein dicker Bauch im Weg ist. Ich nehme ihn aus seiner fülligen Pranke und stehe schnell auf, bevor er zu einer weiteren Standpauke ansetzen kann.

»Und der Müllcontainer?«, frage ich ihn.

»Den gibt es diesmal nicht. Was denkt ihr denn, wie schnell der in dieser Gegend voll ist«, keift Uwe ungehalten. »Ich zahle doch nicht für die Entsorgung des ganzen Viertels.«

Mumu schüttelt beim Verlassen des Büros nur noch den Kopf.

»Na super, Tommy. Dann dürfen wir den ganzen Kram mit dem Lieferwagen wegbringen.«

Ich laufe ihm hinterher und achte penibel darauf, außer Hörweite zu sein.

»Dem bringe ich echt mal eine große Portion Baldrian mit. Was war denn bei dir los?«, frage ich und stelle mit Erleichterung fest, dass sich seine Gesichtsbehaarung wieder in einen normalen Dreitagebart verwandelt hat.

»Nichts Wildes. Die Waschmaschine hat den Geist aufgegeben und die Frau ist am Zetern. Hast du schon einmal einer türkischen Frau beim Ausflippen zugesehen? Da ist Uwe ein Scheiß dagegen!«

Ich überlege kurz, aber nein, mir fällt keine entsprechende Situation ein. Dafür spüre ich mein Handy vibrieren.

Hey Papa. Wie geht's dir? Danke noch mal für den schönen Tag gestern und das Handy. Funktioniert super! XOXO HDL

Endlich. Marie meldet sich. Ich hatte schon die Befürchtung, dass sie das Handy bereits wieder vergessen hat.

Hi meine Kleine. Schön, dass du dich meldest, aber im Unterricht ist das Ding tabu. ;-)

Hab gerade Pause. Erste Stunde ist rum, jetzt kommt Mathe. Puhhhhhhh. Laaaaangweiliiiiig. BB.

Ein wenig verwirrt setze ich mich neben Mumu in den Lieferwagen. Er sieht mich ebenfalls fragend an.

»Neue Flamme?«

Ich stocke, weil mir bei seiner Frage klar wird, dass ich die letzten neun Monate nicht einen Gedanken an andere Frauen verschwendet habe.

»Nee. Meine Tochter.«

Er dreht den Zündschlüssel und zieht die Handbremse.

»Sag mal, Mustafa. Weißt du was XOXO bedeutet? Und BB?«

Scheinbar stelle ich mich extra doof an, denn er fängt beherzt an zu lachen.

»Alter! Du hast noch nicht oft mit deiner Tochter geschrieben, oder? Das bedeutet Hugs and Kisses und das andere bis bald oder bye-bye.«

Zwar verstehe ich die Bedeutung hinter dem X und dem O noch nicht, aber ich gebe mich zufrieden und muss auch nicht alles verstehen.

»Ich habe meiner Tochter jetzt ein Smartphone gekauft. Sie ist ja erst zehn.«

»Gerade rechtzeitig vor der ultimativen Ausgrenzung würde ich sagen. Du versuchst, dein Verhältnis zu deiner Tochter auszubauen, oder? Das ist ein guter Ansatz.«

»Ja, der erste Schritt, mein Leben wieder in den Griff zu bekommen.«

»Und der Alkohol?«

Der Lieferwagen poltert über die schlechten Straßen des Industriegebiets. Er hat tatsächlich gefragt und ich komme mir ertappt vor, obwohl ich es geschafft habe, keinen Tropfen zu trinken.

»Nichts. Keinen Schluck«, antworte ich knapp.

»Sorry. Ich wollte dir nicht zu nahe treten.«

Tatsache. Mustafa hat tatsächlich so viel Feingefühl, meine Stimmung richtig einzuschätzen. Vermutlich habe ich ihn ein dreiviertel Jahr lang unterschätzt.

»Ist in Ordnung. Wichtig ist nur, dass ich wieder auf die Spur komme. Meine Tochter braucht mich und ich brauche sie.«

Aus dem Augenwinkel kann ich sehen, wie Mumu bedächtig mit dem Kopf nickt.

***

Es ist reiner Zufall, dass Nasir in dem Augenblick aus dem Fenster sieht, als der Streifenwagen gerade zum Bremsen ansetzt. Eine leise Vorahnung beschleicht ihn, doch noch will er warten, bis der Wagen endgültig zum Stehen kommt. Es ist nicht seine erste Wohnungsdurchsuchung und er weiß genau, was zu tun ist. Nur der Zeitpunkt des Besuches ist denkbar ungünstig.

Er beobachtet, wie der Wagen tatsächlich anhält. Außer ihm ist sonst niemand im Haus, der das Interesse der Polizei auf sich gezogen haben könnte, überlegt er. Nasir darf keine weitere Sekunde verschwenden. Insgeheim tadelt er sich, dass er nicht schon längst Vorkehrungen für die Polizei getroffen hat. Oft genug hat Abdullah davon gesprochen, jederzeit vorbereitet und getarnt zu sein. Sein Großvater ist sein großes Vorbild und schon allein deshalb darf er ihn nicht enttäuschen. Nasir kämpft gegen die aufkeimende Panik an. Er will sich gar nicht erst ausmalen, was passieren wird, wenn die Polizisten die Tasche voll Geld in die Finger bekommen. Das Geld muss raus aus der Wohnung, beschließt er, und zwar sofort.

Hastig springt er in seine Sneaker, reißt die prall gefüllte schwarze Sporttasche vom Bett und stürzt aus seiner Wohnung. Bis die Bullen im Haus sind, wird ihm noch genug Zeit bleiben, sie zu verstecken, denkt er. Nasir läuft zur Wohnung des Russen.

Eigentlich mochte er den alten Dobrev, aber der Tod seines Nachbarn ist in diesem Moment ein wirklicher Glücksfall für ihn. Das gesamte Haus hat eine Riesenangst vor Nasir, nur der schwerhörige Russe begegnete ihm auf Augenhöhe. Das zollte ihm Respekt ab und so grüßte er ihn sogar ab und an und hielt sich mit seinen Feindseligkeiten zurück. Doch das ist nun Vergangenheit.

Nasir postiert sich vor der Tür des Nachbarn, so wie er es schon unzählige Male in seinen Jugendjahren getan hat. Das letzte Mal ist schon eine Weile her, weil sich Nasir für Einbrüche mittlerweile zu schade ist, aber er weiß noch genau, wie es geht, und spürt bereits den bekannten Nervenkitzel von damals.

Dobrev hat die letzte Wohnung im Gang und wie bei den meisten Wohnungstüren handelt es sich um eine nach innen öffnende Tür mit Holzrahmen. Zudem im bemerkenswert schlechten Zustand. Üblich für Nasirs Wohngegend. Er hält für eine Sekunde inne und denkt nach. Damit die Polizei keinen Verdacht schöpfen kann, muss zumindest das Türblatt intakt bleiben, überlegt Nasir. Rückwärts zur Tür stehend, holt er mit dem rechten Bein aus und tritt erst schwach auf das Schloss der Tür, um zu testen, was sie aushält. Der Rahmen ist so marode, dass er das Pressspanholz bereits knacken hört. Der zweite Tritt ist gerade stark genug, um den dünnen Metallbügel des Holzrahmens aus seiner Verankerung zu reißen. Die Tür fliegt mit einem leisen Poltern auf und verteilt Stücke des billigen Türrahmens auf dem hässlichen dunkelbraunen Teppichboden.

Neugierige Blicke der Nachbarn stören ihn nicht im Geringsten. Er weiß genau, dass es niemand wagen wird, hinter ihm her zu schnüffeln. Nasir stürzt in die Wohnung und sucht das Schlafzimmer, das er umgehend auf der rechten Seite des Flurs findet.

Für den Bruchteil einer Sekunde meint er, die Leiche seines Nachbarn noch wahrnehmen zu können, aber das sind nur flüchtige Hirngespinste. Das Schlafzimmer wirkt so, als wäre der Alte in den Urlaub aufgebrochen. Wer auch immer die Wohnung zuletzt verlassen hatte, er war ordentlich gewesen und hatte das Bett gemacht.

Nasir kümmert das wenig. Er verstaut die Tasche sorgfältig unter dem breiten Lattenrost und stellt sicher, dass sie niemand, der das Zimmer betreten wird, mit einem flüchtigen Blick erspähen kann. Lange darf er die Tasche aber nicht in der Wohnung lagern, denn Abdullah hat klar zu verstehen gegeben, dass das Geld heute Abend an den Sekretär übergeben werden muss.

Plötzlich zuckt Nasir zusammen. Er hört die Klingel in seiner Wohnung und hat nur noch wenig Zeit, bevor sie vor seiner Tür stehen werden. Er rennt in den Gang zurück, fegt die wenigen Überreste des Metallbügels zur Seite und zieht Dobrevs Wohnungstür hinter sich zu, als wäre nie etwas geschehen. Das können die Bullen unmöglich sehen, denkt

Nasir. Es sei denn, sie würden die Türen verwechseln. Mittlerweile hört er das Klingeln bereits in den Wohnungen der Nachbarn und ihm wird klar, dass er reagieren muss, damit Dobrevs kaputte Tür unerkannt bleibt.

Nasir wird hektischer. Er weiß, dass ihm vielleicht noch drei Minuten bleiben, um seine Utensilien so zu präparieren, damit die Polizisten denken werden, sie hätten etwas gefunden und zufrieden wieder abziehen.

Nasir rennt in seine Wohnung zurück und sucht seine Schreckschusspistole. Weitere Waffen sind nicht in seiner Wohnung deponiert, denn sein Großvater legt größten Wert darauf, dass alle härteren Werkzeuge gut versteckt in einem Mietcontainer nahe der Familienvilla lagern.

Er findet sie im Wohnzimmer vor der Xbox und lässt die ungefährliche Pistole zufrieden dort liegen. Gerade rechtzeitig, denn im Treppenhaus hört er bereits die Schritte und das Gemurmel der Polizisten. Nasir wischt sich den Schweiß von der Stirn und lehnt sich frech mit verschränkten Armen an den Rahmen der noch immer geöffneten Tür und wartet. Die Polizisten biegen zu zweit um die Ecke im Treppenhaus und laufen provokant langsam den Hausflur entlang.

»Herr Al-Saud?«

Nasir nickt stumm.

»Kriminalpolizei«, sagt der in zivil gekleidete Beamte mit schlecht sitzendem dunkelblauem Sakko. »Brenner mein Name.«

Der Beamte hält Nasir einen Dienstausweis unter die Nase, den dieser geflissentlich ignoriert, und zeigt auf seinen Partner, der einen Kopf größer ist und aufgrund seines markanten Gesichts und seiner Statur einen durchaus respekteinflößenden Eindruck bei Nasir hinterlässt.

»Das ist Kriminaloberkommissar Arnautovic. Warum haben Sie nicht gleich geöffnet? Wir haben drei Mal geklingelt!«

Nasir versucht, cool zu bleiben und sich nicht einschüchtern zu lassen.

»Von mir aus hätten Sie noch ein viertes Mal klingeln können und es wäre auch nicht schneller gegangen. Ich saß auf dem Klo. Was wollen Sie?«

Das Schauspiel geht los. Nasir fühlt sich sicher. Schreckschusspistolen sind legal und einfach so können sie ihn nicht mitnehmen.

»Wir haben einen Durchsuchungsbefehl für Ihre Wohnung. Immerhin sind Sie zu Hause«, sagt Brenner zufrieden. »Das erspart uns Ärger mit dem Schlüsseldienst oder dem Hausmeister. Bitte treten Sie zur Seite.«

»Moment«, sagt Nasir. Zu einfach will er es den Beamten auch nicht machen. »Was wird mir denn vorgeworfen?«

»Wir haben Grund zur Annahme, dass Sie im Besitz von Drogen und illegalen Waffen sind. Die Begründung lautet Gefahr im Verzug, wenn Sie es genau wissen wollen. Aber Sie dürfen natürlich gern den exakten Wortlaut auch nachlesen.«

Brenner wedelt mit dem behördlichen Schreiben, drückt es auf Nasirs Brust und drängt sich an ihm vorbei.

Nach einer kurzen Sicherung der Wohnung durch den Flur nimmt sich Arnautovic das Badezimmer vor, Brenner das Schlafzimmer. Nasir ist kein ordentlicher Mensch. Überall liegt seine Kleidung verteilt in den Räumen.

Brenner rümpft die Nase. Obwohl er Handschuhe trägt, hasst er es, fremde Dinge anfassen zu müssen. Vor allem, wenn es sich um solche Schmeißfliegen wie Nasir handelt.

Es war ihm schon immer unverständlich, wie die Politik bereits vor Jahren Tür und Tor für allerlei kriminellen Unrat geöffnet hatte. Der Al-Saud-Clan ist ein Extrembeispiel dafür und die aktuelle Polizeiführung hat sich nach langem Ringen dazu entschlossen, gegen sie vorzugehen. Das ist Brenner nur recht. Die Zeiten, in denen er tatenlos zusehen muss, sind endlich vorbei, denn die letzte Ansage des Polizeihauptkommissars ist sehr verständlich gewesen und klingelt auch jetzt wieder in seinen Ohren.

»Fangt bei den kleinen Lichtern an«, hatte er gesagt. »Setzt sie fest und macht sie mürbe. Dann plappern die schon«

»Arnautovic!«, brüllt Brenner. »Wie sieht es aus?«

»Nichts!«, hallt es zurück.

Brenner schluckt. Mittlerweile hat er sein dunkles Sakko ausgezogen und schwitzt. Nasir macht sich einen Spaß aus der Situation und provoziert die Beamten, indem er ihnen demonstrativ und süffisant lächelnd bei der Arbeit zusieht.

Brenner versucht Nasir zu ignorieren, kocht innerlich aber vor Wut. Er muss unbedingt etwas finden, denkt er sich, denn er ist sich sicher, dass der kleine Bastard irgendeinen Dreck am Stecken hat.

Die Al-Sauds sind vor allem im Drogenhandel tätig. Das weiß die halbe Stadt. Die Hoffnung auf einen größeren Drogenfund hegt Brenner natürlich nicht, dennoch durchkämmt er jeden Winkel des muffig riechenden Schlafzimmers. Je intensiver er sucht, umso größer wird seine Frustration. Er findet einfach nichts. Nach einigen Minuten ist er mit dem Schlafzimmer durch. Arnautovic verlässt hingegen bereits das kleine Bad und nimmt sich die Küche vor.

Brenner drückt Nasir schroff zur Seite und betritt das Wohnzimmer. Bis auf die protzige weiße Ledercouch sieht er auf den ersten Blick nichts Auffälliges. Ein riesiger Flachbildfernseher mit neumodisch gebogenem Display erregt jedoch seine Aufmerksamkeit. Als er seinen Blick endlich löst und nach unten sieht, setzt sein Herz für den Bruchteil einer Sekunde aus. Eine Pistole! Aber das kann nicht sein. So blöd ist er nicht, mutmaßt Brenner.

Beim Aufheben verwirft er seinen ersten Gedanken, dass es sich um ein Feuerzeug handelt. Die Waffe ist definitiv zu schwer dafür. Eine echte H&K P30, der sie frappierend ähnelt, kann sie aber auch nicht sein, denn dafür ist die Pistole zu leicht. Brenner wiegt die Waffe in der Hand und hat einen Verdacht. Er dreht und wendet sie, denn er sucht das PTB-Siegel, das auf jeder Schreckschusswaffe abgebildet sein muss. Als ihm klar wird, dass keines zu finden ist, reift in ihm eine Idee.

»Herr Al-Saud. Was ist das hier?«

Nasir löst sich aus seiner Entspannung und tritt einen Schritt an den Polizisten heran.

»Na, das sehen Sie doch«, entgegnet er selbstsicher. »Eine Schreckschusspistole. Seit wann sind die denn illegal?«

Brenner sieht zwar zu, wie er redet, ignoriert jedoch seine Worte. Er hat ihn.

»Arnautovic!«, brüllt er. »Wir haben etwas!«

Der Hüne betritt das Wohnzimmer mit Schweiß auf der Stirn und einem erleichterten Ausdruck im Gesicht.

»Was hast du gefunden?«, fragt er und sieht sofort die Pistole in Brenners Hand. »Ist nicht dein Ernst, oder?«

Arnautovic mustert Nasir, der langsam die Fassung verliert.

»Was wollt ihr eigentlich? Das ist eine Schreckschusspistole, verdammt!«

Diesmal ist es Brenner, der ein Lächeln aufsetzt.

»Herr Al-Saud. Bitte treten Sie einen Schritt zurück und beruhigen sich.«

»Der Besitz von Schreckschusspistolen ohne PTB-Siegel ist illegal«, ergänzt er. »Wir werden Sie auf die Wache mitnehmen müssen.«

Durch Brenners Adern schießt frisches Adrenalin. Das ist sicherlich kein großer Fund, denkt er insgeheim, aber absolut ausreichend. Nasir hingegen kann nicht fassen, was gerade passiert. Er sitzt tatsächlich in der Scheiße. Wegen einer blöden Schreckschusspistole. Normalerweise wäre ihm die Verhaftung egal, aber nicht heute. Tausend Gedanken schießen ihm durch den Kopf. Er muss unbedingt Abdullah Bescheid geben, doch am liebsten würde er den Polizisten vorher noch den Kopf abreißen. Nasir fühlt, wie ihm die Kontrolle entgleitet und wie er zu schreien beginnt.

»Wisst ihr eigentlich, mit wem ihr euch anlegt? Ihr dreckigen Bullenschweine! Wir werden euch ficken! Euch alle!«

»Natürlich, Herr Al-Saud. Vorher würde ich Sie jedoch bitten, nett zu fragen. Sie kennen doch den Spruch. Um in Ihrer Sprache zu bleiben – wer ficken will, muss freundlich sein. Sie erleben es ja gerade am eigenen Leib.«

Das ist zu viel für ihn. Nasir rastet komplett aus und schlägt wild fluchend um sich. Arnautovic handelt sofort und reißt den Libanesen mit einem gekonnten Handgriff und der Zuhilfenahme seines rechten Beins um. Mit dem Knie auf seinem Rücken legt er ihm anschließend Handschellen an.

»Nun, Herr Al-Saud, kommt noch tätlicher Angriff auf einen Polizeibeamten hinzu.«

Noch immer auf Nasir kniend, sieht Arnautovic triumphierend zu seinem Partner hinauf und zwinkert ihm zu.

»Du alter Fuchs, du! Da wäre ich nicht drauf gekommen«, flüstert er.

Kreidebleich und nur widerwillig lässt sich Nasir durch die Wohnung zerren.

»Leckt mich doch. Gebt mir wenigstens mein Handy, damit ich meinen Anwalt anrufen kann.«

»Ihren Anwalt?«, lacht Brenner. »Sie meinen wohl eher Ihren Großvater, was? Wir haben ein ganz wunderbares Telefon auf der Wache. Das funktioniert ebenfalls.«

Er hat seine Chance vergeigt. Das Geld wird nie rechtzeitig beim Sekretär ankommen, denkt er und bereitet sich schon auf den Anruf bei seinem Großvater vor. Abdullah wird ihm die Hölle heißmachen. Allein bei dem Gedanken daran wird Nasir beinahe schwarz vor Augen und so nimmt er den weißen Lieferwagen, der hinter dem Polizeifahrzeug parkt, nur noch schemenhaft wahr.

***

»Genauso habe ich mir das vorgestellt«, stelle ich fest und kann mir mein Grinsen kaum verkneifen, als ich den beiden Polizisten dabei zusehe, wie sie einen jungen Araber abführen.

»Also ich nicht. Sieh ihn dir an, Tommy. Solche Schmarotzer laufen uns doch täglich in der Stadt über den Weg.«

»Lass mal, daran will ich gar nicht denken. Aber immerhin scheint sich die Polizei um das Problem zu kümmern.

Ist auch etwas wert. Von wegen, die würden nur Strafzettel ausstellen.«

Mumu dreht sich zu mir herüber und kramt im Handschuhfach aggressiv nach seinen Latexhandschuhen.

»Sag doch was. Die kann ich dir doch geben. Was ist plötzlich los?«

»Das verstehst du sowieso nicht«, schnauft er, erklärt mir dann aber doch, was ihm auf den Keks geht. »Diese ganzen arabisch aussehenden Kriminellen sorgen dafür, dass Leute wie du mich und meine Familie schräg ansehen. Das regt mich auf. Solange solche Beispiele durch die Gegend laufen, bin ich hier immer nur der blöde Türke, obwohl ich schon in der zweiten Generation hier lebe.«

»Na komm – jetzt übertreib mal nicht und unterschätze die Bevölkerung nicht so. Außerdem, woher weißt du denn, was er getan hat?«

Mumu und ich sehen den Polizisten gebannt dabei zu, wie sie den jungen Kerl rüde in den Wagen verfrachten.

»Ja klar. Tommy, der sieht ja schon aus wie ein Schwerverbrecher.«

Ich muss lachen, weil ich daran denke, wie der knapp zwei Meter große Türke neben mir die gleichen Vorurteile pflegt wie eine achtzigjährige Nachkriegsdeutsche.

»Fehlt nur noch, dass du dich über seinen Migrationshintergrund aufregst.«

Mustafa beruhigt sich wieder und lässt die weißen Latexhandschuhe beim Anziehen klangvoll auf seine Haut klatschen. Der Polizeiwagen fährt davon und ich steige aus. Die Gegend sieht wirklich sehr klischeehaft aus. Leider erkenne ich Ähnlichkeiten mit meiner eigenen neuen Wohngegend. Häuser mit brüchiger weißer Fassade prägen die Umgebung. Fünf Stockwerke hoch und sicher zweihundert Meter lang. Massentierhaltung sieht auch nicht anders aus. Ich weiß, was uns erwartet. Dünne Wände und ein dreckiges Treppenhaus. So viel zu meinen Vorurteilen. Hoffentlich ist wenigstens die Wohnung von Herrn Dobrev noch halbwegs in Schuss, sonst haben wir einen langen Tag vor uns. Im Innenhof hallt das Geschrei eines Kindes durch die Luft. Es ist sicher nur eine Frage der Zeit, bis sich andere Kleinkinder hinzugesellen.

Das Treppenhaus ist entgegen meiner Erwartung doch sauber, aber dafür ziemlich altertümlich ausgestattet. Ein braun lackiertes Geländer aus den Sechzigerjahren führt uns in den ersten Stock. Wenn ich das Klingelschild richtig gedeutet habe, befindet sich Dobrevs Wohnung am Ende des langen Ganges. Ich muss mir eingestehen, dass ich den Job mittlerweile recht gern mache. Jede Wohnung ist aufs Neue spannend, weil man nie weiß, was einen erwartet. Ich verfolge aufmerksam die Namen an den Türschildern. Krakowicz, Al-Saud und schließlich Dobrev. Ich setze den Türschlüssel am Schloss an und habe schon wieder ein neues Erlebnis. Beim Kontakt mit dem Schlüssel gleitet die Tür einfach auf. Ich sehe in Mumus überraschtes Gesicht.

»Na super. Sollen wir gleich die Polizei rufen?«, fragt er mich und bringt mich damit ins Grübeln.

»Vielleicht die Aktion von eben? Dieser Typ draußen? Ist eingebrochen und die Polizei hat ihn auf frischer Tat ertappt?«

»Dann hätten sie die Tür doch aber irgendwie versiegelt«, stellt Mumu fest.

»Kann schon sein. Wir rufen Uwe an. Das soll er entscheiden.«

Keine angenehme Aufgabe, also spielen wir Schere, Stein, Papier und Mumu verliert nach drei Sätzen. Er wirkt geknickt.

»Heute ist wirklich nicht mein Glückstag.«

»Na komm schon. Vielleicht gibt er uns ja frei?«

»Du Spaßvogel. Der wird mich erst einmal schön zur Sau machen. Und danach gibt er uns im besten Fall unbezahlten Urlaub.«

Mumu kramt sein Handy aus der Latzhose und wählt Uwes Nummer.

»Hi Uwe.

Nein, nichts ist passiert.«

Ich höre Uwe bis zu mir fragen, warum wir ihn dann stören.

»Na ja, irgendwie ist doch was passiert. Sieht so aus, als wäre in die Wohnung eingebrochen worden.«

Mumu hält das Telefon vom Ohr weg und kneift die Augen zusammen, als würde ihn der Lärm schmerzen. Uwe brüllt unverständliches Zeug.

»Bitte beruhige dich.

Ja.

Nein.

Okay. Und wenn die Polizei doch noch mal in die Wohnung muss?«

Wieder kann ich sein Geschrei bis zu mir hören.

»Na gut. Alles klar.«

Mumu legt auf und schüttelt sich.

»Meine Güte, hat der ein Problem.«

Ich schaue ihn mitleidig an und zucke mit den Schultern.

»Was hat er denn nun gesagt?«

»Also. Knapp zusammengefasst. Wir sollen unsere Ärsche in die Wohnung begeben und unseren Job erledigen, weil er die scheiß Kohle braucht. Im Zweifel sollen wir uns dumm stellen, was uns ja bekanntermaßen nicht schwerfallen dürfte.«

Mumu zieht eine Grimasse.

»Wir sollen aber vorher durch die Wohnung gehen und darauf achten, was alles geklaut worden sein könnte.«

Das war nicht unbedingt das, mit was ich gerechnet hatte. Aber gut. Er ist nicht umsonst der Chef und es ist sein

Laden. Ich drücke die Tür ganz auf und laufe in den Flur. Die Wohnung macht nicht den Eindruck, als wäre eingebrochen worden. Alles liegt schön ordentlich an seinem Platz.

»Nach Einbruch sieht das aber nicht aus«, rufe ich Mustafa entgegen, der gerade die Küche inspiziert.

Ich stehe im Wohnzimmer und sehe mir die massive Schrankwand aus Eiche an. Sie wurde dunkel gebeizt und steht da wie neu. So etwas muss man mögen, aber wenn man einen Käufer findet, kann man noch einen guten Preis erzielen. In der Schrankwand steht auch ein LCD-Fernseher. Leider ebenfalls ein eher altes Modell mit breitem Rahmen von Telefunken. Aber zwanzig Euro sind sicher noch drin. Ich gehe das Wohnzimmer ab und entdecke eine flaschengrüne Couch aus Cord und einen Beistelltisch aus demselben Holz wie die Schrankwand mit vier eingelassenen braunen Fliesen. Alles nicht mein Geschmack, aber ich kann mir den passenden älteren Herrn dazu gut vorstellen. Ich rücke eine leere Porzellanvase zur Seite und erkenne einen leichten Staubabdruck. Die letzte Reinigung ist sicherlich ein paar Wochen her. Bis auf diesen einen finde ich aber keine weiteren Abdrücke und bin mir ziemlich sicher, dass nichts fehlt. Zumindest was die Einrichtung angeht. Hinter mir erscheint Mumu.

»Also gut. Sieht ja alles halb so schlimm aus. Ich räume die Küche aus, aber das meiste kann weg.«

»Ich fange dann hier im Wohnzimmer an«, sage ich. »Scheint nicht so, als hätte jemand etwas geklaut.«

»Denke ich auch nicht. Und wenn, dann werden wir es sowieso nicht herausfinden. Mit der Schrankwand helfe ich dir dann später. Sag einfach Bescheid, ja?«

Ich nicke und gehe ins Schlafzimmer, das genau gegenüber der Küche liegt. Ein karger Raum allein bestehend aus einem Doppelbett und einem etwa zwei Meter breiten elfenbeinfarbenen Wandschrank. Ziemlicher Schrott und unverkäuflich. Da kann nicht einmal Chang noch etwas herausholen. Ich bin trotzdem zufrieden, denn eine so aufgeräumte und gepflegte Wohnung habe ich schon lange nicht mehr vorgefunden. Ich bin motiviert und hole die Körbe und das Verpackungsmaterial aus dem Wagen.

***

Bereits nach vier Stunden haben wir das Wohnzimmer und die Küche ausgeräumt, alle Möbel abgebaut und im Transporter verstaut. Weil wir den Müll dieses Mal nicht in einem Container entsorgen können, ist der Transporter zum Platzen gefüllt. Ich stehe am Schlafzimmerfenster und schaue zu, wie Mumu mit den Transporter auf der Straße rangiert. Der Plan ist, dass er zurückfährt, mit Chang auslädt und dann wieder zurückkommt. Das Schlafzimmer ist nämlich noch übrig, dürfte mich aber in seiner Abwesenheit vor keine großen Herausforderungen stellen.

Ich gönne mir eine kurze Auszeit, weil wir keine Mittagspause hatten. Eigentlich hätte ich tierische Lust auf ein

Bier, aber ich bin jetzt schon seit Tagen trocken und will mir das nicht kaputt machen. Stattdessen schreibe ich Marie.

Hey Sonnenschein. Wie war dein Schultag? Alles klar bei dir?

Ich erwarte keine sofortige Antwort und bin überrascht, als das Handy nur Sekunden später klingelt.

»Ja, Marie? Willst du ...«

»Was fällt dir eigentlich ein?«, schreit mich Silke an.

Na klasse. Das hat mir noch gefehlt.

»Wie kommst du dazu, meiner Tochter ein Handy zu schenken?«

Jetzt ist sie also plötzlich wieder ihre Tochter.

»Sie hat doch schon eines«, antworte ich ruhig.

»Das geht dich einen feuchten Kehricht an, Thomas. Und wenn sie drei hätte. Ich will nicht, dass du sie zutextest. Du hältst sie nur von der Schule ab.«

Ganz toll. Meine Halsschlagader schwillt an und ich kann mich nicht mehr beherrschen.

»Von der Schule? Bist du bescheuert, Silke? Meine Tochter braucht mich verdammt. Ich lasse es nicht mehr zu, dass du sie von mir fernhältst!«

»Das ist das letzte Mal gewesen, das sag ich dir. Ich wusste gleich, dass das Treffen ein Fehler war. Und merk es dir, Thomas. Niemand braucht dich! Nicht ich und schon gar nicht deine Tochter. Sie kommt wunderbar ohne dich klar.«

»Silke, halt doch einfach dein Schandmaul. Was bist du eigentlich für ein Mensch geworden?«

Ich höre sie verächtlich schnaufen.

»Eigentlich sollte ich dich das fragen. Du bist doch plötzlich zum Verlierer mutiert.«

Es hat keinen Sinn. Mein Zorn treibt mir schon die Tränen in die Augen. Ich muss runterkommen und mich beruhigen.

»Silke ...«

Wieder unterbricht sie mich.

»Eines noch. Leopold ist Anwalt und er sagt, dass die Chancen auf ein hundertprozentiges Sorgerecht nicht schlecht stehen, wenn man sich vor Augen führt, dass du Alkoholiker bist und mich geschlagen hast.«

Mein Herzschlag hämmert mir gegen die Schläfe. Ich wünschte, sie wäre hier. Dann würde ich sie bis zur Besinnungslosigkeit würgen.

»Du weißt genau, dass das nicht wahr ist. Marie würde dir das nie verzeihen.«

»Was wahr ist und was nicht, bestimme ich. Und was Marie angeht, heilt die Zeit alle Wunden.« Ihre Stimme überschlägt sich. Sie hat sichtlich Freude daran, mich in meine Schranken zu weisen. »Das verwächst sich schon. Irgendwann wird sie vielleicht nicht einmal mehr nach dir fragen.«

Ich muss mit dem Teufel persönlich sprechen. Es ist nicht zu fassen, was sich diese Frau erlaubt. Ich nehme das Handy vom Ohr weg und lege auf. Das war genug. Frustriert werfe ich das Stück Plastik auf die Matratze und schaue dabei zu, wie das Handy von ihr abprallt und gegen die Wand fliegt. Mein Körper fühlt sich taub an. Ich setze mich aufs Bett, lasse mich nach hinten fallen und schließe die Augen. Am liebsten wäre ich tot. So wie Herr Dobrev. Ob er wohl auch allein war? Ist er hier im Bett eingeschlafen und einfach nicht mehr aufgewacht? Minuten vergehen und ich beschließe, mir sofort einen Anwalt zu suchen. Ich bin sowieso am Arsch, also kann ich mich auch gleich in die volle Pleite treiben lassen, aber immerhin habe ich dann gekämpft und es Silke nicht so einfach gemacht. Die dumme Kuh wird sich noch umschauen.

Ich rapple mich wieder auf und gehe neben dem Bett in die Knie. Das dämliche Smartphone ist nirgends zu sehen. Dafür fällt mein Blick auf eine schwarze Trainingstasche, die unter das Bett geschoben wurde. Untypisch für einen älteren Herrn. Ich ziehe das Ding hervor und befördere damit auch mein Handy zum Vorschein. Immerhin. Es läuft noch. Die Sporttasche ist sauschwer. Insgeheim rechne ich damit, Dobrevs abgefahrene russische Pornosammlung zu finden. Am besten wäre es, ich schaue erst gar nicht rein und überlasse das Mumu. Aber da mich die Neugier doch zu sehr gepackt hat, öffne ich den Reißverschluss und drücke die Taschenflügel zur Seite.

Es dauert ein paar Sekunden, bis ich realisiere, was ich in der Tasche zu sehen bekomme. Eine irre Hitzewallung raubt mir den Atem und ich trete einen Schritt zurück.

Verdammt.

Das sieht nach mehreren Millionen aus. Mein Körper fühlt sich wie betäubt an, als ich ein Bündel herausnehme und die verschiedenen Scheine betaste. Es ist schon eine Weile her, dass ich einen Fünfhunderter in der Hand hatte. Er fühlt sich an, wie er sich anfühlen muss. Ich halte ihn gegen das Licht und erkenne sowohl Wasserzeichen als auch ein korrektes Durchsichtsregister. Selbst die Perforation des Euro-Zeichens im Kinegramm ist vorhanden. Alles deutet auf einen echten Schein hin. Ich sehe erneut in die Tasche. Sie ist randvoll mit purpurfarbenen und gelben Scheinen. Viele unter ihnen sehen gebraucht aus. Ich komme zu dem Schluss, dass das definitiv kein Falschgeld sein kann. Mein Puls rast regelrecht und blockiert jeden vernünftigen Gedanken. Plötzlich trifft es mich wie ein Blitz und ich erkenne meine Chance. Das muss Gottes Wiedergutmachung für die Scheiße sein, die ich gerade durchmache. Ich muss hier weg, bevor Mumu auftaucht. Oder teile ich besser mit ihm? Es ist mehr als genug Geld für uns beide. Aber ich weiß nicht, wie er reagiert. So gut kenne ich ihn ja noch nicht. Nein, das wird nur zu kompliziert.

Ich versuche, einen klaren Gedanken zu fassen, aber die offene Tasche bringt mich um den Verstand. Nachdem ich sie geschlossen habe, atme ich dreimal tief durch. Dann reiße ich den Schrank um, der beim Auseinanderbrechen einen mörderischen Lärm erzeugt, und schreibe Mumu, dass ich auf dem Weg nach Hause bin, weil ich mir das Kreuz verrenkt habe. Was für eine bescheuerte Lüge, aber ich muss hier schleunigst weg.

Mein Weg zur S-Bahn führt mich dieses Mal zu Fuß durch das mit Schmarotzern und Versagern besiedelte Viertel und ich achte tunlichst darauf, nicht dem Trödel-Rudzek-Lieferwagen zu begegnen, der meine Lüge entlarven kann. Ich merke, wie sehr ich durch den Wind bin, als ich nach mehreren Hundert Metern an der S-Bahn-Haltestelle stehe und nicht weiß, wie ich dorthin gekommen bin. Mein schlechtes Gewissen regt sich. Ich lüge nicht gern, aber manchmal muss es sein. Ständig überschlagen sich neue Gedanken in meinem Kopf. Diese Tasche. Wo kommt sie her? Wie viel Mist habe ich gerade gebaut?

Neben mir regen sich ein paar Jugendliche auf der Wartebank und mustern die Tasche. Da ist eine ziemliche Paranoia im Anflug. Ich sehe mich unauffällig um und kann das Gefühl, beobachtet zu werden, kaum vor mir selbst leugnen. Das Wetter ist zwar schön, aber es ist nicht so heiß, dass mir der Schweiß auf der Stirn stehen müsste. Ich darf jetzt auf keinen Fall in Panik geraten. Im Hintergrund ist zum Glück schon die Bahn zu erkennen. Gleich bin ich hier weg und erst einmal aus der Gefahrenzone.

***

Meine Hände zittern. Dieses Mal nicht, weil ich verkatert bin, sondern weil ich das Geld vollständig gezählt habe.

Vor mir auf dem Küchentisch ausgebreitet liegen zwanzig Bündel, bestehend aus Fünfhunderteuroscheinen. In Summe drei Millionen. Zusätzlich habe ich neunundzwanzig Bündel mit Zweihunderteuroscheinen gezählt, was etwa 1,7 Millionen Euro entsprechen dürfte, natürlich vorausgesetzt, dass jedes Bündel gleich viele Scheine enthält. Ich lehne mich an meine schäbige Küchenzeile und betrachte den Geldberg. Dabei tanzen meine Finger auf und ab, als würden sie sich daran erinnern, wie man Klavier spielt. Mein Puls rast noch immer und der Versuch, einen klaren Gedanken zu fassen, bleibt nur ein Versuch.

Das Handy vibriert. Ich erkenne Mumus Nummer und nehme den Anruf an. Er plappert gleich drauflos.

»Wie geht's dir, Mensch? Wie ist denn das passiert?«

»Na ja«, überlege ich. »Ich wollte den Schrank auseinandernehmen und da merke ich, wie er sich verzieht und wollte ihn halten, bevor er zusammenbricht. Das Ding war einfach zu schwer und da habe ich mich blöd verdreht.«

»Du Held. Wäre es nicht vielleicht besser gewesen, zu warten, bevor du mit der Bahn in die Stadt fährst?«

Ja, da hat er wohl recht. Das wäre mit Sicherheit sinnvoller gewesen.

»Ich hatte so üble Schmerzen, dass ich vielleicht etwas überhastet reagiert habe. Der Arzt hat mir jetzt ein paar Hämmer verschrieben. Diese Woche war es das wohl für mich. Ich soll aber morgen noch mal hin. Vielleicht ist es nur ein eingeklemmter Nerv, der sich über Nacht wieder entspannt.«

Ich bin so ein miserabler Lügner.

»Oh Mann«, stöhnt Mumu. »Jetzt darf ich den sabbernden Idioten mitnehmen. Danke.«

»Sorry, war keine Absicht.«

»Jaja, schon gut. Das denk ich mir. Kann ich dir etwas vorbeibringen? Brauchst du etwas?«

»Nee, lass mal. Ich hab alles hier, was ich brauche.«

Und noch viel mehr. Der riesige Haufen Geld wirkt fast hypnotisierend auf mich.

»Okay. Dann lass ich dich mal wieder in Ruhe. Aber Uwe darfst du selbst anrufen. Den Anschiss hole ich mir sicher nicht ab.«

Ach ja. Uwe. Da war ja etwas. Zu dumm, dass ich gerade echt andere Dinge im Kopf habe.

»Ja klar. Ich melde mich gleich anschließend bei ihm. Mach's gut und sorry noch mal.«

»Ist schon in Ordnung. Gute Besserung und leg dich auf jeden Fall hin. Ich brauch dich hier wieder fit.«

Ich lege auf und atme durch. Er scheint mein Märchen gefressen zu haben. Aber warum auch nicht.

Der Geldberg lässt mich nicht los. Obwohl er nur dreißig Zentimeter hoch ist, wirkt er, als türmte er sich glatt bis unter die Decke.

Fünf Millionen Euro.

Fünf Millionen Euro.

Fünf Millionen Euro.

Meine Gedanken kreisen allein um diesen riesigen Haufen Geld. Wo kommt es her? Drogengeld? Geld für die Waffen einer Terrorzelle? Aber welcher Vollpfosten deponiert so viel Geld in einer offenen Wohnung? Ich versuche, meine Gedanken zu ordnen, aber es gelingt mir nicht. Der Polizeiwagen und die Festnahme des jungen Kerls von heute Morgen fallen mir ein. Hatte der etwas damit zu tun? Haben wir eine Geldübergabe gestört? Aber dann hätten die Bullen mich sicher aus der Wohnung gezogen, als ich allein war.

Je mehr ich nachdenke, umso weniger Sinn ergibt das Ganze. Mein Puls rast weiterhin und meine Angst wächst von Sekunde zu Sekunde. Es ist die schleichende Erkenntnis, dass ich einen Fehler gemacht habe, die an mir zu nagen beginnt. Ich muss mich dringend in den Griff bekommen. Fünf Millionen Euro sind zu viel, um es einfach wieder zurückzubringen. Wenn ich diejenigen treffe, denen es gehört, bringen sie mich sicher um. Wie in einer schlechten Folge Tatort. Außerdem fühle ich, dass ich es gar nicht zurückbringen will. Das Geld ist mein Ticket in ein glückliches Leben mit meiner Tochter. Trotzdem muss ich wissen, woher es kommt, wer es sucht und wem ich von nun an aus dem Weg gehen muss. Ich nehme das Handy und tippe wild in das Suchfeld des Browsers, was mir angesichts meiner zitternden Finger ziemlich schwerfällt.

Ich versuche es mit »Frankfurt Drogengeld«.

Wie zu erwarten war, spuckt Google Tausende Ergebnisse aus. Ich tippe zuerst auf eine News der Frankfurter Allgemeinen.

»Wie das Landgericht mitteilt, sollen die beiden Beträge – jeweils 500.000 Euro – aus großen Drogengeschäften in den Niederlanden stammen. Das Geld sei zunächst einem der Angeklagten, der als Goldhändler regelmäßig Altgold in die Türkei exportierte, übergeben worden. Um die wahre Herkunft des Geldes zu verschleiern, habe der Händler davon Altgold gekauft und es in die Türkei gebracht. Dort soll er das Gold wieder verkauft und den dabei erzielten Erlös über einen weiteren Angeklagten an die Drogenlieferanten gezahlt haben, so der Vorwurf. Für ihre Dienste hätten die fünf Beschuldigten jeweils ein oder zwei Prozent der transferierten Summe erhalten.«

Oh Mann. Große Drogengeschäfte in den Niederlanden und zweimal Fünfhunderttausend Euro. Hier liegt das Fünffache davon. Mein Magen fängt an zu rebellieren und meine Panik wächst im gleichen Tempo wie die Raumtemperatur. Ich fühle mich, als hätte ich einen zu großen Leberfleck entdeckt und würde nach den Erkennungsmerkmalen von Hautkrebs recherchieren. Nur mit dem Unterschied, dass ich den Krebs schon habe und nur nach seiner Ursache suche. Mir wird schlecht, aber ich kann einfach nicht aufhören zu lesen. Ich muss es wissen. Die nächste Überschrift ist vom Spiegel. Sie berichten über eine Frankfurter Großfamilie.

»Geheimdienste und Polizei weltweit vermuten seit Langem, dass die Hisbollah auch Drogengeld nicht verschmäht, wenn es um die Finanzierung ihres bewaffneten Kampfes um die Vormachtstellung im Libanon und gegen ihren Erzfeind Israel geht. In Hessen ermittelt die Staatsanwaltschaft wegen Geldwäsche gegen eine libanesische Großfamilie im Raum Frankfurt. Jahrelang, so der Verdacht, sollen die Mitglieder einer weitverzweigten Familie Millionengewinne aus dem Kokainhandel nach Beirut geschmuggelt haben.«

Mein Magen rebelliert. Normalerweise lese ich Meldungen wie diese und denke mir nichts dabei. Normalerweise sind solche Themen auch so weit weg von mir wie ein Pinguin von der Arktis. Normal ist hier aber gerade gar nichts. Es ist wirklich real. Ich mische mich in Dinge, die mich das Leben kosten können. Ich suche weiter.

»Frankfurt Großfamilie Drogen«

Wieder die Frankfurter Allgemeine.

»Es geht um das große Geschäft – zu holen im Rotlichtmilieu, Drogenhandel oder beim Schutzgeld. Die kriminelle Großfamilie aus dem Libanon macht der Frankfurter Polizei und der Justiz seit Langem zu schaffen. Aus ermittlungstaktischen Gründen können keine Namen genannt werden, aber wer sich in den kriminellen Kreisen Frankfurts auskennt, weiß, wer gemeint ist. Die sichtbaren Zeichen dieses abgeschottet lebenden Clans sind bedrohlich: Männer pöbeln dreist und offen im Gericht, in manchen Vierteln Frankfurts wird die Polizei umringt und massiv unter Druck gesetzt. Vielen Polizisten wurde bereits mit dem Tod als Konsequenz gedroht. Noch ist niemand körperlich zu Schaden gekommen, aber die Lage droht zu eskalieren. Als zentraler Knoten gilt das Viertel rund um die Frankfurter Ahornstraße. Unserem Informanten zufolge existieren dort zahlreiche, eigens der Lagerung von Drogen angemietete Wohnungen.«

Ich lasse das Handy fallen und renne ins Badezimmer. Angestrengt stelle ich fest, dass sich das Erbrechen tatsächlich anders anfühlt, wenn man einen anderen Grund zum Kotzen hat, als nur einen tierischen Kater. Die Tatsache, dass ich noch am Leben bin, stimmt mich positiv. Das Geld ist meine Chance abzuhauen. Mit meiner Tochter. Ein neues Leben. Irgendwo, nur nicht in Deutschland. Aber dazu muss ich mich erst einmal beruhigen und mir einen klaren Plan überlegen. Die libanesische Mafia. Der junge ausländische Kerl von heute Morgen. Die aufgebrochene Wohnung. Ich zähle eins und eins zusammen und kotze erneut. Wie viel Zeit bleibt mir wohl, bis die Libanesen ebenfalls das Rechnen beginnen? Ich darf nicht naiv sein. Marie ist in Gefahr, aber ohne klaren Kopf komme ich nicht weiter. In meiner Wohnung kann ich jedenfalls nicht bleiben. Ich muss hier weg und Marie so früh wie möglich abholen und mit ihr verschwinden. Am besten ich fange sie gleich morgen vor der Schule ab. Silke darf auf keinen Fall etwas mitbekommen. Ziemlich sicher bringe ich auch sie damit in Gefahr. Aber interessiert mich das wirklich?

Um nicht weiter aufzufallen, verstaue ich das Geld in einem billigen kleinen Reisetrolley. Zusätzlich lege ich saubere Kleidung dazu sowie meinen Pass. Man weiß ja nie. Die nächste Unterkunft befindet sich an der S-Bahn-Haltestelle ein paar Hundert Meter die Straße aufwärts. Es ist ein Motel

One und ich beschließe, die Nacht besser dort zu verbringen. Hier brennt mir die Luft zu sehr.

Obwohl es erst kurz nach sieben Uhr ist, sind die Straßen so gut wie leer. Erleichterung macht sich breit. Ich trete wie ein Schwerverbrecher aus dem Hauseingang und sehe mich weiter um. Mein Verstand schlägt mir Schnippchen und ich frage mich, was ich tatsächlich erwarte. Dass hinter jeder Ecke eine libanesische Großfamilie wartet?

Ich schüttele den Gedanken beiseite und ziehe den Trolley demonstrativ über das Kopfsteinpflaster, der dabei einen Heidenlärm verursacht. Egal. Ich fühle, wie gut mir die frische Luft tut. Die Situation ist dennoch so unwirklich, dass ich noch immer das Gefühl habe, zu träumen. Meine Gedanken nehmen mich so sehr gefangen, dass die Umgebung in einer Geschwindigkeit an mir vorbeizieht, als würde ich in einem fahrenden Wagen sitzen. Dabei bin ich noch keine zweihundert Meter vorangekommen.

Plötzlich gleitet die Glasschiebetür des Hotels mit einem leisen Ploppen auf und öffnet mir damit den Weg zum hell erleuchteten Empfang. Ich erkenne einen gelangweilten Hotelmitarbeiter, der mich, kaum hat sich die Schiebetür wieder geschlossen, mit einem abschätzenden Blick mustert. Ich frage mich, ob er ahnt, was ich mit mir herumtrage, komme aber zu dem Schluss, dass mich meine Paranoia schon zu fest umschlungen hat.

Der Rezeptionist sieht aus, als wäre er gerade aufgestanden. Ein kleines Büschel Haare steht von seinem Kopf ab wie die Antennen einer Forschungsstation. Er wartet darauf, dass ich sage, was ich will, und ich warte darauf, dass er mich danach fragt. Dann fällt mir ein, wie man ein Gespräch normalerweise beginnt.

»Hallo. Ich hätte gern ein Zimmer für heute Nacht.«

Der junge Kerl verzieht das Gesicht.

»Nur für heute?«, fragt er genervt.

Unfreundlicher Wichser.

»Ja, nur für heute. Ich bin auf Geschäftsreise und habe vergessen zu reservieren.«

Meine Flunkerei wird nicht besser. Ihn scheint die Fülle an Informationen aber noch nicht einmal zu interessieren, denn er beginnt, wortlos auf seiner Tastatur zu tippen. Mit weiterhin genervter Miene schiebt er mir ein Formular über die mächtige Vollholztheke.

Ich stutze. Wie konnte ich Idiot das vergessen? Der Name. Als würde ich ihn zum ersten Mal schreiben, trage ich langsam meinen Vornamen ein und überlege mir dabei einen anderen Nachnamen. Mir wird heiß. Der junge Kerl mustert mich. Zumindest fühlt es sich so an, denn ich sehe nicht auf, um nicht noch mehr Verdacht zu erregen. Etwas Besseres als »Doe« fällt mir Idiot nicht ein. Da hätte ich auf Thomas verzichten können und besser gleich John aufgeschrieben. Ich hänge noch ein ergänzendes »h« an Doe und bin damit halbwegs zufrieden. Die Adresse fällt mir leichter. Mir fällt ohnehin nur die meines ehemaligen Arbeitgebers ein. Da es eine Geschäftsreise ist, gar nicht so verkehrt, denke ich. Ich schiebe ihm das Papier ebenso wortlos wieder zurück, woraufhin er erneut auf die Tastatur einhämmert.

Der Kerl fängt an zu glucksen. »Echt jetzt?«, fragt er.

Ich komme mir sofort ertappt vor. Sage aber nichts, als er mich amüsiert ansieht. Scheiße.

»Wie spricht man das aus? Thomas Dö?«

Wieder lacht er.

»Genau«

Ganz verstehen kann ich sein Problem nicht. Dann geht mir ein Licht auf.

»Fehlt nur noch, dass ein Gast eincheckt, der Smudo heißt«, stellt er fest.

Ich weiß nicht recht, wie ich am besten reagieren soll und spiele dieses Mal den Genervten.

»Ja. Haha. Sie sind der Erste, dem die Ähnlichkeit auffällt.«

Ganz unrecht habe ich damit auch nicht.

»Tut mir leid. Ich wollte nicht unfreundlich sein.«

Er reicht mir einen kleinen Pappschieber mit der Schlüsselkarte.

»Kein Problem«, entgegne ich.

»Den Gang hier entlang.« Er zeigt am Tresen vorbei. »Und dann mit dem Aufzug in den dritten Stock. Ich wünsche Ihnen einen schönen Abend.«

Ein wenig verwundert, dass er doch noch zu seiner beruflichen Professionalität zurückgefunden hat, danke ich ihm und lauf zum Aufzug.

Thomas Doeh. Ich Vollidiot.

***

Das Hotelzimmer schafft es nicht wirklich, das Durcheinander meiner Gedanken zu ordnen, geschweige denn mich zu beruhigen. Die permanente Unruhe meines Körpers raubt mir fast den Verstand. Im Hintergrund läuft die Tagesschau, aber für mehr als eine gewisse Geräuschkulisse reicht es nicht. Marietta Slomka versucht, mir die Nachrichten des Tages näherzubringen, aber ich sehe nur ihren Mund und beobachte sie dabei, wie sie Worte formt, deren Bedeutung ich nicht verstehe.

Ich erinnere mich daran, wie gut mir die frische Luft getan hat. Ich muss hier raus. Auch wenn die Putzfrau am Abend garantiert nicht mehr im Einsatz ist, schiebe ich den Trolley vorsichtshalber unter das Bett und wundere mich über das billige Metallgestell, auf dem die Matratze liegt. Die Illusion des hochwertigen und modern eingerichteten Zimmers ist dahin. Ich beende Slomkas Pantomimenspiel und verlasse den Raum in Richtung des Fahrstuhls.

Vor dem Fahrstuhl stehend, drücke ich auf die Taste des Bedienfeldes und bringe sie damit zum Leuchten. Im Hintergrund ertönt das Gemurmel anderer Gäste. Eine Tür fällt lautstark ins Schloss. Offenbar zwei männliche Gäste. Sie kommen den Gang entlang. Ich höre genauer hin und erkenne, dass sie türkisch sprechen. Vielleicht auch arabisch. Genauer kann ich es nicht deuten. Mein Puls beschleunigt sich erneut und ich ärgere mich darüber, dass ich schon wieder Panik schiebe. Mit gesundem Menschenverstand kann ich mir selbst nicht gegenüber argumentieren. Mein Körper reagiert einfach. Es ist wie die subtile Angst vor dem schwarzen Mann, der im Dunkeln vor dem Bett steht und einem die Decke herunterreißt, nur um mit einem Messer ein Dutzend Mal auf einen einzustechen.

Die beiden Männer biegen um die Ecke und beachten mich nicht weiter. Sie stellen sich neben mich und warten mit mir auf den Aufzug. Für den Moment verspüre ich Erleichterung. Wenn ich allerdings anfange, bei jedem ausländisch aussehenden Mitmenschen in Panik zu geraten, drehe ich bald komplett durch. Der Fahrstuhl geht auf und wir treten ein. Im riesigen Spiegel sehe ich ein Ebenbild, das mir nicht gefällt. Ich sehe gestresst aus und habe tiefe Augenringe. Dazu kommt diese unstillbare Lust auf ein Bier. Ein kühles Bier, das die wild durcheinander funkenden Nervenenden meines Körpers beruhigt. Aber ich bin nicht blöd. Aus einem Bier werden schnell zwei und aus zwei werden viele.

Das Foyer des Hotels ist verlassen. Auch der Komiker von vorhin ist nicht mehr zu sehen. Dafür nickt mir ein hübsches blondes Mädchen zu. Alles, was mich von meiner Gedankenwelt fernhält, ist mir willkommen. Ich nicke freundlich zurück und tauche wieder in die kühle Abendluft ein. Meine Intuition lenkt mich in Richtung der S-Bahn. Das Ziel ist mir zwar selbst nicht bekannt, aber ein belebter Platz in der Innenstadt kommt mir noch am sinnvollsten und ungefährlichsten vor. Auf der Zeil ist schließlich immer was los. Kaum laufe ich die Rampe der unterirdisch liegenden S-Bahn-Haltestelle hinab, höre ich, wie jemand meinen Namen ruft.

»Tommy!«

Ich reagiere nicht, denn die Stimme ist noch weit entfernt. Mein Schritt wird schneller. Nicht so schnell, dass es so aussieht, als würde ich davonlaufen, aber so schnell, dass ich eine einfahrende Bahn sofort nehmen könnte. Die Decke der Unterführung versperrt mir die Sicht auf die Anzeigetafel, aber wie viel Glück muss man schon haben, um bei einem zehnminütigen Takt just in time eine der Bahnen zu erwischen? Definitiv weniger als fünf Millionen Euro zu finden. Die Rampe kommt mir länger vor als sonst und ich bemerke, wie aus meinem schnellen Schritt nun doch ein Joggen geworden ist.

»Hey Mann! Warte doch!«, brüllt er wieder.

Die Stimme kommt näher. Ich drehe mich noch immer nicht um. Stattdessen erhasche ich nun endlich einen Blick auf die Anzeige.

Fünf Minuten Wartezeit.

Shit. Mein Blick schweift über den Bahnsteig. Fast menschenleer. Aber auch nur fast. Mittig und etwa hundert Meter weiter vor mir steht eine Gruppe junger Halbstarker in Joggingoutfits. Das Gebrülle vom Eingang der Unterführung hat den ersten schon aufgeschreckt und er dreht sich interessiert um. Sein Blick wirkt auf mich, als hätte er eine Erkenntnis gewonnen.

Hat er mich etwa erkannt?

Er passt in das Schema, das ich meiden sollte. Jeder von ihnen. Verdammt. Ich wünschte mir, ich hätte das Hotel nur nicht verlassen! Mit einer gekonnten Drehung stelle mich neben den riesigen Betonpfeiler zu meiner Linken und versuche, so zu tun, als würde ich lässig auf die Bahn warten. Blöderweise fällt mir das ziemlich schwer, denn lässig fühlt sich gerade nichts an mir an. Ich stelle mir vor, wie ein Zettel mit meinem Konterfei durch die Unterwelt gereicht wird, der mit einem fetten »Wanted! Dead or alive!« versehen ist.

Noch geschlagene vier Minuten, bis die Bahn endlich einfährt. Ich fühle mich umzingelt und hilflos. Ich habe nicht einmal Pfefferspray bei mir. In der Stadt werde ich definitiv ein paar Dinge zur Selbstverteidigung kaufen. Und wenn es mir nur dabei hilft, einen klareren Kopf zu bekommen.

»Tommy! Hast du mich schon vergessen?«

Oh nein. War ja klar. Ohne mich drehen zu müssen, weiß ich nun, wem die Stimme gehört. Ich sehe trotzdem nach und beobachte Jimmy dabei, wie er die Unterführung hinunterstolpert und dabei ziemlich unbeholfen aussieht.

Die Anzeige macht mir mit den drei angezeigten Minuten Wartezeit keine Hoffnung mehr, der Konfrontation zu entgehen. Jimmy ist nur noch ein paar Meter entfernt, was mir aber mehr Sorgen macht, ist die Gruppe von rechts, die sich ebenfalls nähert.

»Mensch, Tommy. Du warst wie vom Erdboden verschluckt. Wo hast du dich denn herumgetrieben?«

Ohne die sich nähernde Gruppe aus den Augen zu lassen, murmele ich Jimmy etwas entgegen, das sich wie ein »Mal hier, mal da« anhört.

»Na so was. Und da hast du es nicht für nötig gehalten, deinen alten Kumpel in der Bar zu besuchen?«

Irgendwas stimmt mit den fünf Typen nicht. Sie laufen schnurstracks auf mich zu und unterhalten sich angeregt. Einer nickt in meine Richtung.

Ich muss hier weg.

»Hey Tommy! Du wirkst so abwesend! Was ist denn los?«

Jimmy gibt mir einen Klaps an die Schulter.

»Was, wie?«

»Ich glaube, ich weiß, was mit dir los ist! Du brauchst ein Bier! Komm! Ab in den Hasen.«

Jimmy legt seinen Arm um mich und versucht, mich von der Säule loszueisen. Ich kann riechen, dass er heute schon den ein oder anderen Drink hatte. Immerhin stinkt er mal nicht ganz so sehr nach Urin.

»Hey Alter, warte mal!«

Das Getose hinter meinem Rücken deutet darauf hin, dass die Typen rasch näher kommen. Die Aussicht auf den alten Hasen wird mit jedem hallenden Schritt, der hinter mir zu hören ist, verlockender. Ich reagiere nicht und laufe mit Jimmy wie ein altes Ehepaar, das sich gegenseitig stützt, zum Eingang der Bar. Ich kann die Prügel bereits fühlen, die mich gleich ereilen wird. Allzu schlimm kann es nicht werden, denn sie werden sich erst das Geld holen und danach – ich will gar nicht daran denken.

»Mann, Alter, jetzt warte doch mal.«

Der Typ hört mit seinem Gebrüll einfach nicht auf und sorgt dafür, dass es mir eiskalt den Rücken herunterläuft. Mittlerweile ziehe ich Jimmy vehement in Richtung des Hasen. Er dreht sich irritiert um.

»Was wollen die denn von dir?«, flüstert er.

»Keine Ahnung. Gehen wir einfach weiter.«

Scheinbar spürt er meine Anspannung, denn nun legt auch er einen Zahn zu.

»Wenn die Ärger machen, hole ich die Polen von drinnen. Dann gibt's Zunder. Das sag ich dir.«

An die Wodkatrinker aus der Bar habe ich gar nicht mehr gedacht. Nur noch wenige Meter, bis wir den Eingang erreichen. Plötzlich spüre ich eine Hand an meiner Schulter. Sie reißt mich unwirsch von hinten um. Mein Herz macht einen Satz und ich starre in ein mir irgendwie bekannt vorkommendes Gesicht.

»Seht ihr, verdammt! Ich hatte recht, das ist der Penner!«

Der junge Typ trägt einen grauen Kapuzenpulli und sieht so aus, als hätte er sich seit Jahren nicht mehr rasiert. Generell scheint das ihre Uniform zu sein. Sie sehen alle so aus. Abwechslung bringen nur die verschiedenen Farben ihrer Trainingsklamotten ins Spiel. Ich überlege kurz, ob ich ihm einfach sofort mit der Faust ins Gesicht schlage und renne. Der Eingang der Bar ist aber noch etwa zehn Meter entfernt. Zu weit und meine Chancen stehen damit zu schlecht. Die würden mich noch bekommen, bevor ich überhaupt den Eingang betreten habe, um Hilfe zu rufen. Jetzt tritt auch noch ein anderer aus der Gruppe hervor und mustert mich näher. Ich versuche, möglichst böse dreinzuschauen, sehe dabei aber sicherlich ziemlich lächerlich aus. Sein Blick bleibt an meiner Beule hängen und meiner an den Passanten, die einen großen Bogen um uns machen und dabei so unbeteiligt aussehen, dass auch ein lauter Hilfeschrei nichts bringen würde.

»Alter, ja. Stimmt! Das ist das Opfer. Du hast gewonnen, Tali.«

Der Typ, der wohl Tali heißt, steht jetzt neben dem Anführer der Gruppe, der nach mir gerufen hat, und sieht mich eingehend an. Irgendwie stehen alle fünf da, als würden sie gleich über mich herfallen wollen. So fühlt man sich also, wenn man einer Übermacht an Schlägern gegenübersteht. Ohne sich zu seinem Kumpel umzudrehen, beginnt er, mit seinem Mund Worte zu formen.

»Ja Mann, sag ich doch. Her jetzt mit der Kohle.«

Mein Mund ist trocken und aus meinen Gliedern scheint jegliche Kraft zu weichen. Die Kohle. Sie denken, ich hätte sie dabei. Klar doch. Habe ich alles um meinen dicken Wanst geschnallt. Aber vielleicht lassen sie mich doch in Ruhe, wenn ich das Geld mit ihnen hole, und ohne Schwierigkeiten zu machen, herausrücke.

»Ich hab es nicht hier«, antworte ich lapidar und warte auf ihre Reaktion.

Tali dreht sich zum Alphatier im grauen Jogginganzug um. Sie schlagen ihre Fäuste aneinander und täuschen eine Umarmung an. Dann zieht Mr. Grau seine Geldbörse und kramt einen Zwanziger heraus. Tali nimmt ihn entgegen und dreht sich wieder zu mir um. Ich sehe das Schauspiel zwar, aber ich verstehe es nicht.

»Du hast es nicht hier?«, fragt er mich und sieht jetzt ebenfalls verwirrter aus als vorher. »Denkst du, wir wollen dich abziehen, Mann? Sehen wir aus wie Getto-Spacken? Schau dich mal an!«

Er zeigt auf meine Beule und ist damit nicht der Erste in den letzten Tagen.

»Wir haben gewettet, du Opfer! Das war zu krass, wie du letztens auf die Fresse geflogen bist!«

So langsam dämmert mir, was hier vor sich geht, und ich erinnere mich an den Abend, als ich die Stufe bei der Bank übersehen habe und an das Gelächter von Jugendlichen.

»Aber was erwartest du auch, wenn du mit solchen Pennern wie dem abhängst.«

Der Typ zeigt auf Jimmy, der mindestens so aufgewühlt aussieht, wie ich mich gerade noch gefühlt habe. Langsam tritt Erleichterung ein und ich merke, wie ich unbewusst mit dem Kopf nicke. Ich drehe mich weg und ziehe Jimmy mit mir, der gerade ansetzt und etwas antworten will.

»Lass gut sein, Jimmy. Das lohnt nicht. Sie sind ja friedlich.«

»Hast du Nerven. Die haben mich gerade Penner genannt.«

»Stimmt ja auch irgendwie, oder?«

»Na und? Nur weil man mal auf 'ner Bank schläft, ist man doch noch kein Penner, oder?«

Aber wenn man zusätzlich noch wie einer riecht, dann schon. Ich spare mir diese Antwort, drücke die mit dunklem Holz vertäfelte Bartür auf und lasse Jimmy den Vortritt.

»Ist ja gut, du alter Sack. Komm, ich geb dir einen aus.«

***

Branko ist fix wie immer. Wir sitzen keine Minute an der Bar und haben schon das erste Bier vor uns. Natürlich weiß ich, dass ein Schluck jetzt nicht die beste Idee ist, aber ich muss mich einfach beruhigen und das scheint mir gerade die sicherste Variante zu sein.

»So. Jetzt erzähl mir mal, was die von dir wollten. Ich dachte echt, die hauen uns kurz und klein.«

Ich hebe das noch unberührte Bier an und betrachte das kondensierte Wasser am kühlen Glas. Bevor ich mich erneut fragen kann, ob ich nicht doch stark genug bin, zu widerstehen, stößt Jimmy sein Bier mit der dicken Glasunterseite an meines und nimmt einen kleinen Schluck. Als der erste Schluck an meinem Gaumen kratzt, kann ich nicht mehr an mich halten und ziehe das halbe Glas weg. Ich fühle mich, als hätte ich einen Marathon hinter mir und würde meinen ausgedorrten Körper wieder zum Leben erwecken. Wie kann sich etwas so Falsches so gut anfühlen? Ich setze das Glas ab und spüre, wie der Alkohol sofort seine Wirkung entfaltet und meinen Puls senkt.

»Mann, du hattest Durst, was?«, fragt Jimmy, der meinen gierigen Schluck erstaunt mit angesehen hat. »Was ist denn nun mit den Typen gerade gewesen?«

»Nichts Wildes. Ich konnte mich nur nicht mehr an sie erinnern. Bin letztens auf die Nase gefallen. Du erinnerst dich an unseren Abend?«

Jimmy sieht nachdenklich in den Spiegel hinter der Bar.

»Hmmm, nicht wirklich. War nicht sehr ereignisreich, oder?«

»Nein, du hast recht. Du hast mir ein paar Whiskey ausgegeben. Ich war danach so knülle, dass ich gestolpert bin, und die Typen haben das anscheinend mit angesehen. Jetzt wollten die wohl sehen, ob ich das wirklich bin.«

»Na gut. Das muss ich nicht verstehen. Aber wenn ich mir dein Gesicht so anschaue, erklärt das zumindest, warum du dich hier in der letzten Zeit nicht mehr hast blicken lassen.«

Nun ja, eigentlich will ich mit dem Trinken aufhören, um nicht so zu enden wie du, Jimmy, denke ich.

»Genau. War mir zu peinlich«, antworte ich stattdessen.

Plötzlich höre ich ein bekanntes Hämmern aus dem hinteren Teil der Bar, gefolgt von unverständlichem Gegröle. Es sind die Polen, die mit einer Armee von leeren Schnapsgläsern auf den Holztisch klopfen.

»Muss dir nicht peinlich sein. Mir ist das schon Dutzende Male passiert.«

Jimmy rutscht auf dem roten Barhocker zur Seite und dreht sich zu mir. Dann krempelt er das Hosenbein seiner hellbraunen Cordhose hoch.

»Sieh mal!«, fordert er mich auf und ich weiß nicht, ob ich ihm wirklich Folge leisten will.

Als er anfängt, mit seinem nackten Bein zu wackeln, tue ich ihm den Gefallen und begutachte das Spektakel. Wäre ich nicht von unzähligen CSI-Folgen ausreichend abgehärtet, müsste ich vermutlich würgen. Eine riesige vernarbte Wulst zieht sich an seinem Schienbein hinauf bis zu seinem Knie. An ihr sind weder Haare noch Hautporen zu erkennen. Mehr als ein atemloses Keuchen bringe ich nicht hinaus. Jimmy scheint meinen Ekel mit Anerkennung zu verwechseln.

»Ja, gell. Ganz schön heftig, was?«

»Allerdings! Danke für den Anblick.«

»Ich weiß bis heute nicht, wie das passiert ist. Ich kann mich nur noch daran erinnern, wie ich in einer Blutlache auf einer Baustelle aufgewacht bin und einen gigantischen Holzsplitter im Bein hatte. Ich vermute ja, dass ich beim Pissen ausgerutscht bin. Die im Krankenhaus haben dann gemeint, dass ich riesiges Glück hatte, nicht verblutet zu sein.« Jimmy macht eine kleine Pause und fängt an zu kichern, was mir beinahe Angst macht, weil seine raue Stimme das Kichern in das heisere Keuchen eines Wahnsinnigen verwandelt.

»Wahrscheinlich war mein Körper einfach nur froh, dass die vielen Promille abgeflossen sind.«

Jimmy kichert noch immer und ich frage mich, ob er den Anblick seines Beins wirklich lustig findet oder ob er über die Tatsache lacht, dass er dem Tod gerade so von der Schippe gesprungen ist. Wahrscheinlich überspielt er mit seinem Lachen aber eher die Trauer über die Erkenntnis, dass er noch abgefuckter ist, als er das selbst für möglich gehalten hat. Sein freudiger Zug erstirbt und ich sehe wieder in diese tiefen Augenhöhlen, die mich mehr an die eines Toten als an die eines Lebenden erinnern. Aber es war einer seiner ersten Sprüche, der mir in den Sinn kommt und mir ein Schmunzeln entlockt.

»Solange ich trinken kann, sterbe ich nicht«, hat er gesagt.

Demnach scheint er quicklebendig zu sein.

»Sag mal, Jimmy, was weißt du eigentlich über die Polen? Kennst du die? Oder woher weißt du, dass die uns mit den Kerlen von eben geholfen hätten?«, frage ich in der Hoffnung, mich weiter ablenken zu können.

Ich beobachte, wie er verstohlen in ihre Richtung sieht.

»Nimm dich in Acht vor denen. Die sind gefährlich. Wirklich, Tommy, die verstehen keinen Spaß.«

»Das klingt ja mysteriös. Was ist mit denen?«

»Wenn man so oft hier ist wie ich, bekommt man einiges mit. Hin und wieder spreche ich mal mit dem einen oder anderen.«

Jimmy rückt so nah an mein Gesicht, dass ich seinen fauligen Atem riechen kann. Er flüstert.

»Die halten sich für Geschäftsmänner, sind aber in meinen Augen nur Barbaren. Sie betreiben den 5000-Volt-Klub. Die sind völlig irre.«

»Der 5000-Volt-Klub?«

»Ja, Tommy«, zischt Jimmy. »Sag es doch noch lauter. Dann erklären die dir vielleicht selbst, wie es dazu kam.«

Ich beobachte die Gestalten im Spiegel, aber niemand scheint etwas zu hören. Wie auch, mit dem Geschreddere von Black Sabbath im Hintergrund.

»Sorry. Erzähl weiter. Ich bin ruhig.«

»Viel zu erzählen gibt es nicht. Alle paar Tage kippen sie eine Flasche Wodka auf ex und halten sich anschließend einen Elektroschocker an den Wanst. Ich sag doch, die sind irre.«

Ich stelle mir vor, wie die polnischen Schränke ihr Ritual wild grunzend durchziehen.

»Einige von denen sehen aus, als würden sie ein paar Tausend Volt nicht einmal sonderlich kratzen. Und Branko hat nichts dagegen?«

»Ach was. Solange es sein Wodka ist, den sie herunterstürzen, ist ihm das nur recht. Apropos ...«

Jimmy hebt die Hand, wartet, bis Branko ihn sieht, und schwenkt kurz den Zeigefinger. Branko nickt kaum wahrnehmbar und bereitet uns eine weitere Runde vor. Wenn wir trinken, dann trinken wir eben. Auf ein weiteres Bier kommt es nun auch nicht mehr an.

Kapitel 6

Vernehmung

Brenner hat es die letzten Stunden kaum fertiggebracht, seinen Groll im Zaum zu halten. Immer wieder ist sein Gebrüll durch das alte Revier zu hören.

»Komm schon. Denkst du nicht, dass wir ihn jetzt lange genug festhalten?«, fragt Arnautovic.

Brenner starrt wütend gegen die vergilbte ockerfarbene Wand des Ganges und sieht Arnautovic verständnislos an. Jetzt, wo der Schichtwechsel bevor steht, fängt sein Partner an, unruhig zu werden. Er tritt von dem einen Bein aufs andere und sieht mitgenommen aus. Brenner nimmt es ihm jedoch nicht übel, so ist dem Jungen doch einfach nichts zu entlocken.

»Wir könnten ihn bis morgen Abend festhalten.«

»Ja, könnten wir. Ich kenne unsere Gesetze«, merkt Arnautovic an. »Es bringt nur nichts. Wir können ihm wohl kaum herausprügeln, was wir hören wollen.«

»Ja.« Brenner schüttelt den Kopf. »Nein. Können wir nicht.«

»Und wir dürfen ihm eigentlich auch seinen Anruf nicht verweigern. Wenn er das an die Anwälte seines Großvaters weitergibt, sind wir dran.«

Brenner sieht seinen Partner eindringlich an. Ihn kümmert das wenig, denn er hat die Grenzen seiner Befugnisse schon so oft gedehnt, dass ihm schon gar nicht mehr auffällt, wenn er es wieder tut.

»Keine Angst. Das wird er nicht.«

»Dein Wort in Gottes Ohr.«

Arnautovic sieht härter aus, als er ist. Brenner mag ihn, weil er ein guter Polizist ist, aber oftmals könnte er ihn einfach auf den Mond schießen. Immer dann, wenn er sich zu viele Gedanken um seinen Job macht, und darüber, ihn zu verlieren. Das hemmt ihn, denkt Brenner. Ihn selbst hingegen hemmt nichts mehr. Er hat nicht mehr viele Jahre bis zu seiner Pension und ist motivierter denn je. Er hat die letzten Jahre einfach zu viele dieser Gangster erlebt. Aus den Kleinkriminellen von früher, weiß Brenner, werden organisierte Banden, die ihre Finger wie eine Krake überall hineinstecken und das große Geld damit scheffeln.

Mit seinen knapp dreieinhalbtausend Euro netto kommt Brenner zwar sehr gut über den Monat, aber für das Ferienhaus, von dem er so oft träumt, wird es nie reichen. Stattdessen muss er täglich mit ansehen, wie die Tätergruppe, wie er sie nennt, in dicken Schlitten durch die Gegend kurvt.

Brenner schaut etwas versöhnlicher und nickt Arnautovic fast unmerklich zu.

»Geh zu deiner Frau, wenn du willst. Ich verfrachte den Kerl in seine Zelle und schreibe den Bericht allein. Morgen früh lassen wir ihn dann laufen. Wegen des kleinen Waffenscheins wollen wir dem Gericht mal keine Arbeit machen. Das lohnt ja nicht.«

»Lass den Kopf nicht hängen!«, erwidert Brenners Partner. »Wenn wir einen von denen mal mit etwas Richtigem erwischen, dann plaudern die auch. Du weißt, wie die sind. Jeder von denen ist sich selbst der Nächste.«

Obwohl Brenner Arnautovics Aussage zumindest bei Nasir nicht teilt, schweigt er. Arnautovic soll ihn endlich allein lassen, denkt er.

»Ja«, sagt Brenner schmallippig.

»Wir dürfen den Mut nicht verlieren«, fügt Arnautovic an und greift nach seinem Sakko, das auf dem Stuhl vor dem Vernehmungsraum liegt, in dem Nasir noch immer sitzt.

»Wenn es für dich wirklich okay ist«, sagt Arnautovic vorsichtig, »hau ich jetzt ab. Du kannst mir den Bericht auch gern für morgen früh übrig lassen. Schaffst du das mit dem allein?«

»Ich werde mir einen von der Schicht holen, dann bringen wir ihn zu zweit in seine Zelle. Und jetzt komm«, zischt Brenner gespielt bösartig, »hau endlich ab. Deine Frau wird auch nicht hübscher, wenn du noch länger hier wartest.«

Arnautovic lächelt. Brenner trifft genau seinen Humor.

»Ich will gar nicht zu meiner Frau. Ich will zu deiner.« Er macht eine kurze Pause. »Ach so, stimmt. Du hast ja gar keine!«

Arnautovic zieht sein Sakko rückwärts den Gang hinunterlaufend an und winkt Brenner zum Abschied.

»Bis morgen dann. Und mach auch nicht mehr so lang.«

Brenner hebt stumm die Hand zum Gruß und schließt die Tür zum Vernehmungsraum wieder auf. Der ehemals stolze Nasir sitzt zusammengesunken auf dem federleichten Aluminiumstuhl und starrt auf die beigefarbene Kunststoffoberfläche des Schreibtischs. Er hat die Ärmel seiner Trainingsjacke unter die unbequemen Handschellen geschoben, damit sie sich nicht noch tiefer in die Haut seiner Handgelenke schnüren. Bis auf einen weiteren Stuhl ist der Raum leer. Es gibt noch nicht einmal ein Fenster, weil die Vernehmungsräume im Untergeschoss des Reviers liegen, was eher dem Zufall geschuldet ist, da es keinen Beamten gibt, der ein Büro ohne Fenster geduldet hätte. Vom Fotolabor, das sich am Ende des Ganges befindet, mal abgesehen.

Nasir versuchte alles. Nach seinem anfänglichen Ausraster hat er sich zwar schnell wieder besonnen, entschuldigt sich und bleibt freundlich zu den Polizisten. Aber als er dann darum bittet, seinen Vater verständigen zu dürfen, und Brenner diese Bitte immer wieder ablehnt, wird er wieder aggressiv und stößt wilde Drohungen aus. Als auch diese Maßnahme keine Wirkung auf die erfahrenen Polizisten zeigt, versucht er es schlussendlich wie ein trotziges Kind mit Verzweiflung und Tränen, was seinem inneren Zustand zu diesem Zeitpunkt auch am ehesten entsprochen hatte.

Nasir sieht zu, wie die Tür wieder aufgeht und spürt, wie aus seiner Verzweiflung mittlerweile Resignation wird. Er hat seinen ersten wichtigen Auftrag vergeigt und kann sich nur ansatzweise vorstellen, wie ihn sein Großvater dafür bestrafen wird. Seine Armbanduhr sagt ihm, dass es kurz nach acht Uhr ist. Eigentlich hätte er sich vor wenigen Minuten mit dem Sekretär treffen müssen. Ein einfacher Job.

Autotür auf.

Tasche mit fünf Millionen rein.

Tür zu.

Wieder gehen.

Stattdessen steht nun aber wieder dieser fette Polizist im Raum, der ihn die letzten Stunden mit Fragen über Abdullah genervt hat. Nasir macht sich bereit für eine weitere Runde, aber er wird nichts preisgeben, denkt er. Keine noch so winzige Kleinigkeit. Da kann Brenner so laut schreien, wie er will.

Brenner läuft stumm auf den seitlich vor der Wand sitzenden Nasir zu, zieht den Stuhl an der Lehne mit einer schnellen und reißenden Bewegung nach hinten und steht nun frontal vor ihm. Sichtlich erschrocken reißt Nasir die Augen auf. Damit hat er nun nicht gerechnet, doch bevor er versteht, was auf einmal vor sich geht, verpasst Brenner ihm eine schallende Ohrfeige. Völlig perplex und leicht betäubt versucht Nasir aufzustehen, aber bevor er überhaupt reagieren kann, holt Brenner erneut aus und verpasst ihm eine weitere wuchtige Ohrfeige mit dem Handrücken. Brenner hat so fest zugeschlagen, dass ihm die Hand schmerzt. Nasir läuft reflexartig Tränenflüssigkeit in die Augen. Das Klatschen klingelt noch in seinen Ohren und plötzlich ergießt sich ein Schwall Wut über sein gekränktes Ego. Aber er ist nicht blöd und behält die Kontrolle über sich. Denn er versteht, was Brenner vorhat. Er ist am Ende. Also greift er zum letzten Mittel. Gewalt.

Diesmal bleibt Brenner ruhig und spricht so leise, dass Nasir sich anstrengen muss, ihn überhaupt zu hören. Noch immer übertönt das leise Summen seines Trommelfells die Geräusche der Umgebung.

»So, du kleiner Ziegentreiber. Sprich mit mir. Was weißt du über die Geschäfte deines Großvaters?«

Brenner wartet und sieht in das regungslose Gesicht des jungen Mannes.

»Magst du noch ein paar Schellen haben? Gefällt dir das?«

Plötzlich beginnt Nasir zu grinsen.

»Nun, Herr Brenner, haben Sie mich nicht darauf hingewiesen, freundlich zu sein, um ficken zu können? Vielleicht probieren Sie es mal mit Blumen bei mir?«

Brenner kocht. Weniger wegen Nasir, mehr aufgrund seines amateurhaften Verhaltens.

»Sehen Sie. Ihre Gewaltausbrüche sagen mir, dass Sie nichts gegen mich in der Hand haben. Mal von diesem lächerlichen kleinen Waffenschein abgesehen. Sie können mich nicht ewig hier festhalten.«

Brenner begreift, dass er recht hat. Es bringt nichts. Er ist die Sache falsch angegangen und hat sich verrannt wie ein Anfänger, der seinen ersten Fall vor sich liegen sieht. Nun kann er nur noch Schlimmeres vermeiden. Stumm läuft er an Nasir vorbei und schließt die Handschellen auf. Dann tritt er an die Tür des Vernehmungsraumes und öffnet sie.

»Verpiss dich, du Wichser«, zischt er.

Nasir steht unbeholfen auf. Sein Hintern ist platt gesessen und schmerzt fast mehr als sein Gesicht. Er läuft an Brenner vorbei, ohne ihn eines Blickes zu würdigen, und tritt in den Gang. Dann dreht er sich doch um und sieht dem Polizisten tief in die Augen.

»Unsere Rache wird furchtbar sein«, sagt er.

Normalerweise sind Drohungen ein Zeichen dafür, dass Brenner seine Arbeit richtig macht. Aber bei Nasir ist er sich nicht sicher. Er sieht ihm hinterher und weiß, dass mehr hinter dieser Drohung steckt. Er ist in Schwierigkeiten. Das spürt Brenner.

***

Nasir kann nicht fassen, dass er das Revier endlich verlassen kann. Nur eine Stunde früher und er hätte es noch schaffen können. Aber kaum steht er auf dem Gehweg vor dem Polizeirevier und zieht die Abendluft in seine Lunge, holt ihn die Realität ein. Er muss Abdullah sofort Bescheid geben. Es gibt nur ein Problem. Sein Smartphone. Es liegt noch zu Hause. Nasir sieht sich um. Das Polizeirevier liegt am Ende der Zeil, Frankfurts größter Einkaufsstraße. Eine belebte Ecke. Irgendwo muss doch eine Telefonzelle zu finden sein, denkt er. Nasir hat noch nie eine benutzt und hält nach gelben Telefonhäuschen Ausschau, kann aber keines im näheren Umfeld erkennen. Ohne weitere kostbare Minuten zu verlieren, läuft er in Richtung der S-Bahn-Haltestelle Konstablerwache und nähert sich damit dem Shoppingzentrum.

Normalerweise würde er einfach jemandem das Handy abzocken, aber hier ist zu viel los und mit der Erfahrung der letzten Stunden im Rücken hält Nasir das momentan für keine gute Idee. So eine Zelle muss doch schließlich zu finden sein.

Vor der mehrspurigen Kurt-Schumacher-Straße bleibt er abrupt stehen. Die Ampel zeigt ein rotes Licht und der Verkehr erscheint ihm vorerst zu dicht, um einfach die viel befahrene Straße zu überqueren. Sein Blick scannt die Wege vor den Geschäften. Obwohl die Läden gleich schließen werden, herrscht noch immer reges Treiben. Menschenschlangen drängen sich die Shoppingmeile hinauf und herunter. Dann erkennt er auf der rechten Seite eine Conrad-Electronic-Filiale und ihm fällt ein, dass er sich auch einfach ein Prepaid-Handy kaufen könnte. Aber bis er das eingerichtet hätte, wäre er vermutlich schon zu Hause und könnte sein eigenes nutzen.

Bei genauerem Hinsehen erspäht er vor den blau beklebten Schaufenstern des Elektroladens dann aber doch zwei verglaste Telefonhäuschen. Sie sind kaum zu erkennen und gehen in dem blauen Gewirr fast vollständig unter.

Das Licht der Ampel glüht zwar noch immer in bedrohlichem Feuerrot, aber der Verkehr lässt ein schnelles Überqueren der Straße zu und so läuft er schnellen Schrittes los, nicht ohne jedoch das Gemaule einer jungen Mutter ertragen zu müssen.

»Sie sind ja ein tolles Beispiel für die Kinder!«, keift sie ihm hinterher.

Nasir entgegnet nichts. Die junge Frau hat einfach nur Glück, dass er gerade größere Probleme hat. Die Telefonzelle ist getränkt mit undefinierbarem Gestank und gibt beim Öffnen der Tür einen Schwall alten Zigarettenrauches von sich. Nasir ignoriert den widerwärtigen Zustand der Zelle und wirft einen Euro in den Edelstahlschlitz. Er erinnert sich nur schemenhaft an die Nummer seines Großvaters, aber da sein Vater ohnehin ständig bei ihm ist, wählt er einfach seine.

Es klingelt kaum ein einziges Mal, dann nimmt sein Vater bereits ab. Kein gutes Zeichen, ist sich Nasir sicher. Um sich eine Taktik für das Gespräch zurechtzulegen, ist es zu spät. Es wäre ohnehin nutzlos, denn er würde es nie wagen, die Familie zu belügen.

»Nasir?«

»Ja.«

»Was ist da schiefgelaufen? Wo ist es?«, fragt sein Vater gereizt.

Nasirs Puls beschleunigt sich. Scheinbar hat sie der Sekretär bereits unterrichtet.

»Es ist noch zu Hause. Die scheiß Bullen haben mich bis jetzt festgehalten.«

»Nasir.«

Sein Vater spricht nicht weiter. Es hört sich so an, als würde er angestrengt nachdenken, um die richtigen Worte zu finden.

»Vater?«

»Du darfst jetzt keinen Fehler mehr machen, Nasir«, sagt Ahmed kühl. Die Lage scheint wirklich ernst zu sein.

Das ist nicht unbedingt das, was er hören will. Insgeheim hat er auf ein paar aufmunternde Worte von seinem Vater gehofft.

»Wie dämlich bist du eigentlich, Nasir?«

Sein Vater redet sich in Rage.

»Fünf Millionen Euro! Fünf verdammte Millionen Euro! Eine einfache scheiß Übergabe! Jeden Monat mache ich das. Seit Jahren. Und nie ist etwas schiefgegangen!«

Nun schreit er in das Telefon. Jegliche Zuversicht weicht Nasir aus dem Leib. Seine Knie werden weich und drohen unter der Last seiner Gedanken nachzugeben.

»Es tut mir leid, Vater.«

»Hör auf, dich zu entschuldigen«, schreit Ahmed. »Was bist du? Ein Wolf oder ein Lamm?«

Nasir entgegnet nichts. Gerade ist er ein Lamm, das weiß er nicht nur, er fühlt es.

Sein Vater beruhigt sich langsam wieder.

»Gut, dass du mich angerufen hast«, sagt er in ruhigerem Ton, betont das »mich« dabei aber bedrohlich. »Dein Großvater ist außer sich. Du musst das in Ordnung bringen, Nasir. Der Sekretär wird morgen Mittag um Punkt zwölf Uhr am selben Platz sein. Verstehst du?«

»Ja«

»Hast du das verstanden?«

»Ja, Vater.«

»Gut. Und jetzt erkläre mir, was los war.«

»Zwei Polizisten sind heute Morgen aufgetaucht und haben mich wegen einer Schreckschusspistole festgenommen.«

»Einer Schreckschusspistole?«

»Ja. Sie hat keine Kennzeichnung.«

»Was für eine scheiß Kennzeichnung?«

»Keine Ahnung.«

»Verdammte Hurensöhne. Wie sahen sie aus?«, fragt Nasirs Vater, als würde es einen Unterschied machen.

»Einer war eher klein und fett, der andere groß. Brenner und Arnautovic sind ihre Namen.«

»Sohn. Du hast doch nichts erzählt, oder? Bitte sag, dass du nichts erzählt hast, was dich noch mehr in Schwierigkeiten bringt.«

Die Unterstellung seines Vaters kränkt Nasir. Er hält es also tatsächlich für möglich, dass er die Familie verpfeifen könnte, wird Nasir bewusst.

»Verdammt, Vater. Für wen hältst du mich? Ich habe nichts gesagt! Kein Wort. Ich bin kein Lamm, ich bin ein …«

Plötzlich knackt es wieder in der Leitung und ein lautes Tuten dringt aus dem schmierigen Hörer.

Nasir ist wütend. Auf sich, auf seinen Vater und vor allem auf diesen verdammten Bullen. Am liebsten würde er zurückgehen und ihn für das, was er gerade erdulden musste, büßen lassen. Er kramt in seinem Geldbeutel, hat sein Kleingeld jedoch aufgebraucht. Auf einen weiteren Anruf kann er ohnehin verzichten.

***

Bis zu seinem zweiten Treffen mit dem Sekretär hat Nasir noch die gesamte Nacht vor sich. Auf dem Nachhauseweg findet er nun endlich die Zeit, um sich langsam wieder zu beruhigen.

Mit lautem Quietschen bremst die S-Bahn plötzlich scharf ab und bleibt mit einem ungewöhnlich starken Ruck kurz vor der Griesheimer Haltestelle stehen. Nasir sieht sich um. Das war eine Vollbremsung. Die Gedanken an die nahende Geldübergabe lenken ihn so stark ab, dass er nicht mitbekommt, wie eine Gruppe Jugendlicher die Notbremse zieht und gerade im vorderen Teil der Bahn eine Familie anpöbelt.

Die Lautsprecher der Bahn knacken und knistern, als sich der Lokführer zu Wort meldet.

»Welcher Spinner hat die Notbremse gezogen? Die Bahn ist kameraüberwacht. Das absichtliche Ziehen der Notbremse im Nichtnotfall ist eine Straftat!«

Die Jugendlichen lachen aufgebracht, während sich die Familie in der Sitzgruppe eingeschüchtert zusammenkauert. Ein Ehepaar im mittleren Alter und zwei junge Mädchen, die noch keine zehn Jahre alt sind. Der junge Kerl, der die Bremse gezogen hat, plustert sich auf wie ein Hahn und äfft den Lokführer nach.

»Das absichtliche Ziehen der Notbremse im Nichtnotfall. Wieso Nichtnotfall? Das war ein Notfall! Wie soll ich denn bei dem Geschaukel die Alte von dem Typen hier knallen?«

Mittlerweile steht er demonstrativ im Gang zwischen den Abteilen und lehnt seine Ellbogen gegen das Sicherheitsgestänge der Abteilabtrennungen.

»Lassen Sie uns in Ruhe! Ich rufe die Polizei!«, schreit ihm der Familienvater mit einer zittrigen Stimme entgegen und stachelt die Gruppe damit nur noch mehr an.

»Seht mal. Der Penner kackt sich schon voll ein und will die Bullen rufen. Als würde uns das interessieren.«

Mit einem Satz stürzt sich der Halbstarke so plötzlich auf den Mann im hellbraunen Lederblouson, dass dieser nicht mehr rechtzeitig reagieren kann. Beherzt schreien die

Mädchen nach ihrem Papa und die anderen Kerle nach ihrem Kumpel. Dann ist der Spuk fast so schnell wieder vorbei, wie er begonnen hat. Der Halbstarke in seiner Bomberjacke ist sofort und ohne Gegenwehr in den Besitz des Handys gekommen, mit dem der Mann gerade noch herumgewedelt hat um mit der Polizei zu drohen. Die restlichen paar Passagiere der Bahn nutzen die Gelegenheit, um sich wegzusetzen.

Triumphierend hält der junge Kerl das Smartphone in die Luft.

»Mit was rufst du nun die Polizei? Na?«

Wieder meldet sich der Lokführer zu Wort und unterbricht damit das Brunftverhalten der Jugendlichen.

»Wir setzen die Fahrt nun fort.«

Hörbar genervt ergänzt er noch eine weitere Drohung.

»Wenn wir vor Griesheim erneut eine Vollbremsung einlegen, rufe ich die Polizei und lasse die Türen geschlossen.«

Durch den Lokführer angestachelt, dreht sich der Typ in der Bomberjacke zu seiner Gang und diskutiert wild gestikulierend die Frage, ob man jetzt erst recht eine erneute Bremsung auslösen sollte.

Der Familienvater ergreift die Chance und läuft mit seiner Familie an Nasir vorbei und in den hinteren Bereich der Bahn. Nicht jeder ist zum Helden geboren, denkt Nasir und läuft auf die Gang zu, während die Bahn sanft wieder beschleunigt.

»Hey! Lass deine Finger von der Bremse!«, ruft Nasir, als er erkennt, dass der Kleinste der Gruppe im Begriff ist, diese wieder zu ziehen. Einen weiteren Besuch der Polizei kann Nasir gerade noch gebrauchen.

»Was willst du? Bist du lebensmüde?«, entgegnet ihm der Typ in der Bomberjacke, der immer noch das fremde Handy in der Hand hält.

»Wer hier lebensmüde ist, stellt sich gerade heraus«, erwidert Nasir feindselig.

»Bist du bescheuert, Bruder? Du bist einer von uns. Willst du, dass wir dich fertigmachen?«

»Bruder? Ihr kleinen Loser seid nicht meine Brüder«, antwortet Nasir. »Ihr seid noch nicht einmal der Dreck unter meinen Sneakern!«

Mit seinem selbstbewussten Auftreten verunsichert er die Gruppe zusehends. Plötzlich erkennt er einen der Truppe. Ein kleiner Dealer, der über mehrere Ecken für die Familie arbeitet.

»Du«, sagt Nasir und zeigt auf den Typen, den er wiedererkannt hat. »Du da hinten!«

Nasir nickt in die Richtung des Jugendlichen mit verpickeltem Gesicht und Basecap.

»Ich kenne dich. Du arbeitest für uns.«

Mit einem Mal kommt Bewegung in die Gruppe. Die vier tuscheln miteinander. Aus dem Gesicht des Kerls mit der Bomberjacke weicht zusehends die Farbe. Abwehrend hebt er die Hände und beginnt zu stottern.

»Hey Mann. Tut mir leid. Ich wusste nicht, wer Sie sind. Echt jetzt.«

Plötzlich gesiezt zu werden, amüsiert Nasir. Er genießt seine Stellung und läuft auf den Typen zu. Was gibt es gerade Besseres, als ein Ventil für seine wieder aufkeimende Wut zu finden. Das ist genau das Richtige nach der Demütigung, die er selbst gerade erfahren hat, denkt er.

In Erinnerung an Brenners schallende Ohrfeigen holt Nasir unter den weit aufgerissenen Augen aller aus und schlägt dem Bomberjackentypen mit der Faust ins Gesicht. Seine Nase bricht sofort und sorgt dafür, dass der Kerl sich vor Schmerz krümmt und unvermittelt husten muss. Ein heller Schwall Blut schießt aus seiner Nase, während sich seine Lunge explosionsartig von jeglicher Luft entlädt.

Von seinem Vater hat Nasir gelernt, dass man seinem Ruf immer gerecht werden muss. Falls nicht, wird einem auf der Straße schnell Schwäche attestiert. Außerdem findet er oft genug Gefallen daran, seine Macht zu demonstrieren.

Der blutende Junge, dessen Namen er nicht einmal kennt und den er auf maximal achtzehn Jahre schätzt, keucht noch immer, steht aber mittlerweile wieder aufrecht und hält sich mit der Hand die Nase zu.

»Seid euch immer im Klaren darüber, wer vor euch steht. Das könnte euch nächstes Mal das Leben retten. Und du«, Nasir nickt wieder zum Jungen mit der Basecap, »besser du kommst der Familie nicht mehr zu nah. Für solche wie dich haben wir keinen Platz.«

Der Lokführer bremst die Bahn wieder ab und aus den Lautsprechern ist diesmal eine sanft säuselnde Ansagedame zu hören.

»Nächste Haltestelle Grießheim. Der Ausstieg befindet sich auf der rechten Seite. Next Stop Grießheim.«

Die Bahn kommt schließlich zum Stehen und Nasir muss lachen, als er bemerkt, wie sehr sein Schlag den blutigen Kerl mitgenommen hat und wie sehr er damit kämpft, die Haltung zu bewahren. Seine Kumpels trauen sich jedoch nicht, ihn zu stützen, und stehen nur da wie die Ölgötzen. Nasir fühlt sich gut, als er die Bahn verlässt. Endlich wieder. Er ist also doch ein Wolf. Zumindest kommt er sich wie einer vor.

Den Weg in die Ahornstraße verbringt Nasir damit, sich zu überlegen, wie er das Vertrauen seines Vaters und vor allem das seines Großvaters wieder erlangen kann. Er kann schließlich nichts dafür, dass ihn die Bullen gerade an diesem Tag aus dem Verkehr gezogen haben. Von nun an, soviel weiß er schon jetzt, steht er jedoch unter Beobachtung und darf sich keinen weiteren Fehler leisten. Das hat ihm sein Vater unmissverständlich klargemacht.

***

Irgendetwas ist anders. Nasir kann sich erst nicht erklären, was es ist, aber er hat es bereits vor dem Wohnblock gespürt. Nun weiß er es. Es ist das Licht. In Dobrevs Wohnung brennt das Licht.

Bis auf die hässliche Nickelfunzel an der Decke hat Mustafa die komplette Wohnung leer geräumt. Wie betäubt reißt Nasir nun das kleine Fenster im Schlafzimmer auf und ringt nach Luft. Das darf nicht wahr sein, denkt er. In seinem Inneren tobt ein erbitterter Kampf. Wut ringt mit purer Verzweiflung. Für einen kurzen Moment verliert Nasir jegliche Kontrolle und lässt seinem Groll freien Lauf. Er bemerkt erst, dass er mit voller Wucht gegen die Wand neben dem Fenster geschlagen hat, als der beißende Schmerz des verstauchten Mittelfingers in seine Schulter schießt und ihm ein weiteres Mal den Atem raubt. Wie ein wütendes Kind schreit er so lange seinen Frust heraus, bis er sich kraftlos auf den Boden setzen muss.

Während er die geplatzte Haut seiner rechten Hand betastet, beginnen Fragen sein Hirn zu zersetzen. Waren es die Bullen? Nein, ist er sich sicher. Das Verhör mit Brenner wäre anders verlaufen, wenn sie das Geld gefunden hätten. Unter dem dumpf pochenden Schmerz seiner Finger ordnet er seine Gedanken.

Die Wohnung ist leer. Doch warum, fragt er sich.

Natürlich. Dobrev ist tot und sie haben seine Wohnung ausgeräumt. Das hätte ihm auch gleich einfallen können. Plötzlich kommt auch die Erinnerung an den großen Transporter wieder, der vor dem Haus stand, als er abgeführt wurde. Nur die Aufschrift des Wagens bleibt im Dunstschleier seiner Gedanken stecken. Nasir steht wieder auf und läuft im Kreis wie ein wilder Hund. Fast so, als hätte man ihn mit einem Seil in der Mitte des Raumes an einen Pfosten angebunden.

Er führt Selbstgespräche.

»Trödel. Trödel war ein Teil der Aufschrift. Nur was noch? Fuck, Mann!

Trödel Busketsch,

Trödel Rutschek,

verdammte Scheiße!«

Nasir bleibt stehen und hämmert auf sein Handy ein, das er aus seiner Wohnung geholt hat. Doch eine Suche nach »Trödel Rutschek« bringt keine zufriedenstellenden Ergebnisse. Er liest sich durch die ersten fünf Suchergebnisseiten, bis ihm endlich auffällt, dass Google im bereits den gesuchten Namen vorschlägt.

Meinten Sie: Trödel Rudzek?

»Scheiße ja, meinte ich!«

Nasir besucht die stümperhaft zusammengebaute Website von Trödel Rudzek und erkennt den Schriftzug sofort wieder. Das kleine Erfolgserlebnis hält nicht lange an. Er muss seinen Vater verständigen. Zwar denkt er kurz darüber nach, das Geld einfach aufzutreiben, als wäre nichts passiert, sollte aber etwas davon fehlen und sich später herausstellen, dass er die Familie im Unklaren gelassen hat, würde kein Loch der Welt dunkel genug sein, um sich darin zu verstecken. Sein Herz schlägt wild, aber er wählt die Nummer. Es dauert eine gefühlte Ewigkeit, bis sein Vater abnimmt.

»Vater?«

»Sohn? Bitte sag mir nicht, dass es noch weitere Schwierigkeiten gibt.«

Nasir schluckt.

»Leider doch, Vater. Es tut mir leid. Aber ich habe es unter Kontrolle. Bitte raste nicht gleich aus. Hör mir erst zu.«

»Ich entscheide selbst, wann ich ausraste. Was zum Teufel ist los?«

»Als die Bullen kamen, habe ich das Geld in der Wohnung meines toten Nachbarn versteckt«, sagt Nasir hektisch. »Jetzt haben die Schweine heute die Wohnung ausgeräumt und das Geld mitgenommen. Ich weiß aber, wer es hat. Die Firma heißt Trödel Rudzek.«

»Du willst mich doch verarschen, oder? Sag mir, dass du mich nur auf den Arm nimmst!«, brüllt Ahmed.

Plötzlich dringt ein lautes Klopfen aus dem Handy. Sein Vater schlägt das Telefon mehrfach gegen den Tisch.

»Vater bitte.«

»Sohn, hör mir jetzt genau zu.«

Sein Vater klingt nervös.

»Wenn du das Geld morgen früh nicht beim Sekretär ablieferst, dann musst du verschwinden. Was hast du nur getan, Sohn? Erinnere dich daran, was dein Großvater mit dem Polen angestellt hat. Er ist ein Wahnsinniger.«

»Vater, bitte.«

Nasir begreift plötzlich den Ernst der Lage. Natürlich weiß er, dass er mächtig in der Scheiße steckt, doch nun hat er vielleicht die Bestätigung, dass er ein toter Mann ist, falls er das Geld nicht auftreiben kann. Sein Vater unterbricht die Stille.

»Hör zu. Bis morgen früh komme ich nicht an fünf Millionen ran. Und wenn Abdullah erfährt, was los ist, dreht er durch. Du kennst ihn nicht richtig. Nasir?«

»Ja, Vater.«

»Wenn du die Kohle nicht besorgen kannst, bist du nicht mehr Teil der Familie. Dann kehre nie wieder zurück!«

Nasir kann nicht glauben, welche Konsequenzen ihm drohen. Er, der sein gesamtes bisheriges Leben für die Familie gearbeitet hat und aus demselben Fleisch und Blut besteht. Wie ein Roboter wiederholt er die Worte seines Vaters.

»Dann kehre ich nie wieder zurück.«

»Sorge dafür, dass es nicht so weit kommt. Wie kann ich dir helfen?«

Nasir sieht in die trübe Nacht hinaus und denkt darüber nach, die Hilfe seines Vaters anzunehmen, will ihn jedoch nicht auch noch in die Sache hineinziehen.

»Gar nicht Vater. Ich will meine Ehre wiederherstellen.«

Für Sekunden bleibt der Hörer stumm. Als würden Nasirs Vater dieselben Gedanken plagen.

»Nun gut, Sohn. So soll es sein.«

Ahmed legt auf und lässt seinen Sohn mit seiner Verzweiflung allein. Mittlerweile fällt Nieselregen auf den Asphalt vor dem Haus und sorgt damit für den ersten Niederschlag seit Tagen. Nasir steht noch immer am Fenster und starrt auf sein Smartphone. Er erkennt niemanden der drei Typen auf der Teamwebsite von Trödel Rudzek, ist sich aber sicher, dass derjenige, der das Geld genommen hat, mit seinem Blut dafür bezahlen muss.

Nasir zieht sich um und verlässt das Haus. Er hat sich für eine schwarze Jeans und eine schwarze Trainingsjacke entschieden. Bei dem, was er vorhat, will er nicht über Gebühr durch seine Kleidung auffallen. Im besten Falle kann er sein Problem im Stillen lösen. Aber im Schlimmsten wird morgen in der Zeitung etwas darüber zu lesen sein.

Der Nieselregen ist zwar noch immer nur leicht zu spüren, sorgt mit einer kühlen Brise aber für ein unbehagliches Gefühl bei Nasir. Er muss schlau und mit Bedacht vorgehen. Wieder denkt er an die Worte seines Vaters.

»Ich bin kein Lamm. Bald werdet ihr den Wolf kennenlernen«, sagt er zu sich selbst.

Er hat noch die ganze Nacht Zeit und wenn er sehr viel Glück hat, wissen die Typen von Trödel Rudzek noch nichts von ihrem Fund. Hat er Pech, und das ist leider sehr viel wahrscheinlicher, denkt Nasir, haben sich die Kerle mit dem Geld schon aus dem Staub gemacht. Aber dann ist er bereit, sie zu jagen. Er will seine Ehre wiederherstellen, komme was wolle.

Sein Fünfer-BMW steht ein Stück die Straße weiter unten. Nasir drückt auf den Knopf seiner Fernbedienung und lässt damit die Blinker des Wagens aufleuchten. Beim Öffnen der Tür empfängt ihn noch immer der Duft des unverbrauchten Leders. Der Wagen ist erst wenige Monate alt und für ihn das erste Zeichen, dass es in seinem Leben steil bergauf geht. Er wird es nicht zulassen, dass ihm das alles wieder genommen wird. Nur aufgrund eines einzigen blöden Fehlers. Nasir öffnet das Handschuhfach und kontrolliert dessen Inhalt. Es ist noch immer alles da. Eine kleinkalibrige Neunmillimeter Handfeuerwaffe der österreichischen Marke Glock sowie eine große Taschenlampe. Zwar hat sein Großvater die Regel aufgestellt, alle Waffen in einem sicheren Container zu deponieren, aber dieser steht außerhalb der Stadt und Nasir ist nun mehr als froh, sich diesen Weg ersparen zu können.

Er drückt auf den Startknopf des Motors und erweckt das Dreiliteraggregat damit unter kurzem Gebrüll zum Leben.

Kapitel 7

Wo ist das Geld?

Uwe braucht eine halbe Ewigkeit, um einzuschlafen. Dabei hat er sich extra früh aufs Ohr gehauen, um sich einigermaßen erholen zu können.

Mittlerweile findet er kaum noch in den Schlaf. Zu groß ist der Druck den das Finanzamt auf ihn ausübt und die Last seiner Schulden. Hätte Tommy ihm nicht vor Wochen durch ein paar kleinere Aktientipps zu ein paar Tausend Euro verholfen, würde nicht einmal mehr das Sofa in seinem Büro stehen, auf dem er gerade liegt. Selbst jetzt im Halbschlaf drehen sich seine Gedanken nur ums Geschäft. Bald wird er weder Löhne noch Miete für die Werkstatt zahlen können. Dann ist es vorbei, Uwe Rudzek insolvent und obwohl man es ihm nicht anmerkt, macht er sich seit längerem auch Sorgen um seine Angestellten. Denn Mustafa hat eine Familie zu versorgen und für Chang ist die Werkstatt zu einer zweiten Heimat geworden.

Uwe dreht seinen massigen Körper in Richtung der Sofarückseite. Das alte mit Cord bezogene Möbelstück gibt ein tiefes Knarzen von sich.

Ein dumpfer Schlag nimmt ihm selbst die wenige Erholung seines Halbschlafes und lässt ihn aufhorchen. Zwar ist Lärm im Industriegebiet nicht gerade selten, da in vielen Betrieben geschichtet wird und Lieferungen gern auch nachts ausgefahren werden, aber das Gelände von Trödel

Rudzek ist eingezäunt und ein so lautes Poltern ist aus der Werkstatt nicht oft zu hören.

Uwe setzt sich auf und sieht sich um. Durch das kleine Fenster seiner Bürotür dringt der fahle Schein der Nacht. Kaum mehr als ein dumpfes Leuchten, das gerade einmal ausreicht, um die Umrisse seines Schreibtisches und des Aktenschrankes hervorzuheben.

Uwe legt die Tagesdecke zur Seite und stützt sich mit beiden Händen auf die Knie. Auf eine andere Art und Weise kann er sich schon nicht mehr allein erheben. Seine Gelenke geben ein scharfes Knacken von sich und stemmen die Last seines Körpers in die Höhe. Im Dunkeln läuft er langsam zur Bürotür, die sich aber unvermittelt öffnet und ihn dabei schmerzhaft an der Schulter trifft. Uwe gibt einen erschreckten Schrei von sich und taumelt verwirrt zur Seite.

»Was zum Teufel! Wer ist da?«

Uwe tritt ängstlich zurück und erkennt, wie auf einmal eine männliche Silhouette im Türrahmen steht. Ein gleißender Lichtkegel blendet ihn zusätzlich und sorgt dafür, dass der Angreifer freie Sicht auf den dicken Mann im verschwitzten Unterhemd hat.

Nasir hat nicht damit gerechnet, jemanden in der Werkstatt anzutreffen, und so überrascht es auch ihn, als plötzlich Uwe im Büro vor ihm steht. So hat er doch gehofft, in Ruhe nach dem Geld suchen zu können.

Nasir ergreift die Gelegenheit, läuft drei schnelle Schritte auf Uwe zu und tritt ihm mit Anlauf in die Magengrube. Als ihn der Tritt trifft, schafft es Uwe gerade noch zu keuchen, bevor sich seine Eingeweide zuckend zusammenziehen. Über seine eigenen Füße stolpernd, schleudert ihn die Wucht zurück in Richtung des Schreibtisches. Uwe taumelt, stößt gegen den schweren Schreibtisch, der ein lautes Knarzen von sich gibt und bricht unter dem sich rasch ausbreitenden dumpfen Schmerz zusammen.

»Du verdammter Drecksack!«, ist alles, was Uwe herausbringt, bis ein Hustenanfall seinen Groll schlagartig beendet.

Nasir leuchtet Uwe in Ruhe ab und sucht nach dessen Telefon oder Waffen, die in Griffnähe liegen. Stattdessen sieht er einen dicken, schmierigen Mann, der mindestens das Doppelte von dem wiegt, was ein gesunder Mann wiegen sollte. Er hat mehr Verachtung als Mitleid mit dem, was vor dem Schreibtisch halb aufrecht kauert und sich besabbert.

»Ist noch jemand hier?«, fragt Nasir ruhig, aber bestimmt.

Uwe hustet wieder und sieht auf. Langsam lässt der Schmerz nach, der jede Bewegung unerträglich macht. Der Schein der Taschenlampe blendet ihn aber noch immer und so kann er nicht erkennen, wer da zu ihm spricht. Die Ruhe in Nasirs Stimme verunsichert den Dicken und verrät ihm, dass er es nicht mit einem normalen Einbrecher zu tun hat, der hier schnell wieder verschwinden will.

»Nein. Sonst ist niemand hier«, antwortet er.

Nasir sieht sich um. Bei seinem Einbruch in die Werkstatt hat er niemanden gesehen oder gehört. Aber das muss nichts heißen, denkt er. Mit Uwe hat er schließlich ebenfalls nicht gerechnet.

»Kommt heute noch jemand vorbei?«

Uwe wird allmählich wieder ärgerlich. Was verspricht sich der Typ davon, in einem Trödelladen einzubrechen, fragt er sich.

»Sieht es denn so aus, als hätte ich hier eine Dinnerparty vorbereitet?«, giftet Uwe zurück. »Was verflucht willst du hier? Hast du nicht gesehen, dass es hier nichts zu holen gibt?«

»Wo ist das Geld?«, entgegnet Nasir noch immer seelenruhig.

»Geld? Hier? Im Schreibtisch liegen vielleicht zweihundert Euro. Nimm sie dir und hau ab. Ich rufe auch keine Polizei.«

Nasir spürt nun doch einen Hauch von Unsicherheit. Was, wenn das Geld doch nicht hier ist? Aber vor allem, was, wenn der Dicke ihn hinters Licht führt und Nasir das Geld nicht vor morgen Mittag auftreiben kann? Er läuft zum Lichtschalter und erleuchtet den Raum. Zum ersten Mal kann Uwe seinen Angreifer erkennen. Aufgrund seines akzentfreien Deutsches hat er nicht daran gedacht, dass er ein Araber sein könnte. Das Bild eines abgehalfterten Junkies verflüchtigt sich nun vollständig.

»Okay, Fettsack. Genug davon. Wenn du mir nicht sagst, wo das Geld ist, knall ich dich einfach ab.«

Nasir zieht die Waffe aus seinem Hosenbund und richtet sie auf Uwe, der es bei deren Anblick zum ersten Mal richtig mit der Angst zu tun bekommt. Uwe hält unvermittelt die Hände abwehrend nach oben, als würden sie bei einem Schuss den Unterschied ausmachen.

»Ist ja gut. Beruhige dich. Welches Geld meinst du?«

Nasir spürt Uwes Angst. Er zittert und hat ein leichtes, aber hörbares Flattern in der Stimme. Langsam verliert Nasir die Geduld.

»Die Ahornstraße. Ihr habt dort eine Wohnung geräumt, in der ich Geld deponiert hatte. Wo ist es?«, knurrt er.

In Uwe beginnt es zu rattern. Nasir ist kein gewöhnlicher Einbrecher. Seine Waffe deutet auf etwas Größeres hin.

»Immer schön ruhig bleiben«, stottert Uwe. »Ich habe kein Geld.«

Uwe spricht den Satz kaum fertig, da hat Nasir endgültig die Schnauze voll. Er läuft zu ihm und greift nach dem Seitenschneider auf Uwes Schreibtisch.

»Aber, aber, ich habe zwei Mitarbeiter!«, schickt Uwe hinterher, als er erkennt, welches Werkzeug Nasir in der Hand hält.

»Sprich weiter, Fettsack!«

»Na, sieh mich an. Bei meinem Gewicht mache ich die Drecksarbeit sicher nicht selbst. Wenn, dann hat einer von den beiden das Geld genommen. Vielleicht auch beide zusammen. Woher soll ich das wissen?«

Es ist zum Verzweifeln. Uwe sieht sich um, aber gegen den jungen, kräftigen Kerl hat er keine Chance. Nicht ohne eine Waffe, wie sie Nasir noch immer in der anderen Hand hält. Er wird aus der Situation nur heil herauskommen, wenn er dem Eindringling klarmachen kann, dass er das Geld nicht besitzt.

»Bitte, ich weiß wirklich nichts von dem Geld«, versichert Uwe erneut und Nasir ist fast gewillt, ihm zu glauben.

Dieses Mal jedoch will er keinen weiteren Fehler begehen. Er muss sich einfach sicher sein, dass der Fettsack ihm keinen Bären aufbindet. Vor Uwe stehend, tritt er ihm ohne Ankündigung gegen den Schädel und knockt ihn damit kurzzeitig aus.

Ein plötzlicher Aufprall gefolgt von kurzem Funkenschlag vor seinen Augen ist alles, was Uwe davon bemerkt. Dann ist alles dunkel und er spürt, wie sein Körper kraftlos in sich zusammenfällt. Uwe ist wach und bildet sich ein, noch immer hören zu können, was um ihn herum passiert. Doch die Realität sieht anders aus. Er träumt. Kurz und heftig. Sein Angreifer holt ihn jedoch rasch in die Realität zurück. Ein Klatschen an seiner Backe reißt ihn aus seinem Traum.

Nasir schlägt erneut zu. Ihm ist klar, dass er zu heftig zugetreten hat. Nicht, weil er Mitleid hat, sondern weil er Uwe kaum wach bekommt. Erst bei der dritten harten Ohrfeige rührt er sich endlich wieder.

»Du ekelhafter Fettsack! Wach endlich auf«, schreit er.

Uwe bewegt den Kopf leicht hin und her und murmelt benommen wirres Zeug. Wieder schlägt Nasir zu und verspritzt damit das Blut, das aus Uwes Platzwunde rinnt.

»Ja«, murmelt Uwe und will eigentlich brüllen, hat aber nicht die Kraft dazu. »Ist ja gut, verdammt.«

Er schafft es endlich, die Augen zu öffnen, und ist mit einem Mal wieder voll bei Bewusstsein, denn er spürt, wie sein Arm festgehalten wird. Doch da ist zusätzlich noch ein stechender Schmerz an seinem kleinen Finger. Über ihm steht Nasir, der Uwes dicken Griffel zwischen die scharfen Klingen des Seitenschneiders klemmt.

»Ich will, dass du es siehst.«

Uwe hat weder die Zeit zu protestieren, noch zu reagieren. Alles, was er wahrnimmt, ist das laute Knacken seines Fingerknochens und das metallische Schnappen der Zange. Uwe fühlt sich, als wäre er Komparse in einem schlechten Gangsterfilm. Der fleischige Stummel fällt neben sein Bein. Uwe betrachtet geschockt das Ende dessen, was einmal sein kleiner Finger war.

Ein sauberer Schnitt. Kaum sind mehr als zwei Sekunden vergangen, rinnt Blut über das Stück Knochen und verbirgt die offene Wunde unter einem kleinen roten Meer. Mehr interessiert als voller Groll und Angst wird ihm klar, dass die Wunde nicht ansatzweise so schmerzt, wie er es erwartet hat. Uwe wundert sich selbst über seine Gedanken. Im nächsten Moment trifft ihn allerdings auch die Erkenntnis, dass der wahre Schmerz erst morgen einsetzen wird, sollte es denn ein Morgen für ihn geben.

»Und jetzt?«, fragt Uwe noch immer vor dem Schreibtisch sitzend und seine Hand haltend.

»Und jetzt? Bist du bescheuert? Jetzt sagst du mir die Wahrheit.«

»Habe ich doch gerade. Ich weiß nicht, wo das Geld ist. Du hast mir meinen Finger abgeschnitten, obwohl ich die Wahrheit gesagt habe!«

Nasir versucht erst gar nicht so etwas wie Reue zu empfinden.

»Sei froh, dass es nur dein Finger war. Aber an dir ist noch viel mehr zum Abschneiden.«

Demonstrativ hält er den Seitenschneider an Uwes Ohr und lässt die Klingen mehrfach zuschnappen. Uwe zuckt zusammen, ist jedoch mehr damit beschäftigt, die Blutung seines Fingers mithilfe seines Unterhemdes zu stoppen.

»Ruf deine Mitarbeiter an. Hol sie her.«

»Jetzt? Es ist nach Mitternacht! Was soll ich denen erzählen? Die halten mich für übergeschnappt.«

Nasir ist Uwes Ausflüchte leid. Er tritt wütend neben den Kopf des Dicken und trifft den Schreibtisch. Die bereits umgefallene, billige Plastiklampe fällt nun endgültig zu Boden. Eine Handvoll Stifte tun es ihr gleich und rollen hinterher.

»Denk dir was aus, verdammt!«

Uwe versucht, nachzudenken, was ihm mit vorgehaltener Waffe jedoch ziemlich schwerfällt. Stattdessen versucht er einen Weg zu finden, Nasir die Waffe wegzunehmen. Aber auch das scheint aussichtslos.

»Bitte«, redet Uwe auf Nasir ein. »Wenn einer von beiden das Geld hat, dann weiß derjenige sofort, was Sache ist, und taucht hier ganz sicher nicht auf.«

Nasirs Plan löst sich vollständig in Luft auf. Aber immerhin, so überlegt er, kann er mit Sicherheit sagen, dass derjenige, der nicht in der Werkstatt erscheinen wird, das Geld hat. Sollte es so kommen, so muss er vermutlich seinen Vater um Hilfe bitten. Und gerade das will er vermeiden. Er muss es einfach allein schaffen. Gebetsmühlenartig wiederholt er, was er zu sein glaubt.

Ich bin ein Wolf.

Ich bin ein Wolf.

Ich bin ein Wolf.

»Pass auf, Fettsack!«, brüllt Nasir. »Du rufst jetzt deine beiden Mitarbeiter an und lockst sie her. Denk dir etwas Passendes aus, sonst knall ich dich ab.«

Nasir drückt den Lauf seiner Waffe grob gegen Uwes Kopf und lässt ihn den kalten Stahl spüren. Nicht ohne Folgen, denn Uwe wird sich erneut bewusst, in welcher Gefahr er sich befindet. Er hat ihm einen Finger abgeschnitten und ist definitiv nicht zu Scherzen aufgelegt. Uwe versucht, die Schmerzen, die er hat, auszublenden und schließt die Augen. Eine passende Geschichte zu finden, ist nicht einfach. Schließlich ist es Nacht und welchen Grund soll es schon geben, gerade jetzt eine Wohnung auszuräumen. Außerdem mag er Mustafa und Tommy und würde sie in große Gefahr bringen. Andererseits, wenn es stimmt, was der Eindringling sagt, haben beide, oder zumindest einer von ihnen, dick abgeräumt und ihm nichts davon gesagt. Vor allem aber hängt er an seinem Leben.

Uwe denkt an die letzten Zeitungsartikel, die er gelesen hat, und findet dank der aktuellen Flüchtlingskrise nun doch eine Geschichte, die halbwegs plausibel erscheint. Uwe öffnete die Augen wieder und sieht in das finster entschlossene Gesicht Nasirs.

»Mein Handy. Es liegt auf dem Schreibtisch.«

Nasir sieht sich um und entdeckt ein chinesisches Billigmodell mit gesprungenem Display und sich bereits lösendem Lack. Es sieht mindestens genauso geschunden aus wie Uwe selbst. Nasir nimmt es und reichte es Uwe, der es mit seiner gesunden Hand entgegennimmt.

»Mach den Lautsprecher an, sobald du gewählt hast. Wenn du jemanden warnst, bist du tot. Wenn sie nicht kommen, bist du tot. Wenn ich das Geld nicht diese Nacht noch bekomme, bist du tot. Verstanden.«

Uwe ist kurz davor, ihn nachzuäffen, besinnt sich beim Anblick der scharfen Waffe jedoch und nickt nur stumm. Er wählt die Nummer von Mustafa und stellt den Lautsprecher wie befohlen ein.

Fast eine Minute lang dringt ein Krächzen aus dem Smartphone, das nur entfernt an ein Tuten erinnert, bis er endlich abnimmt.

»Verflucht! Wer ist da? Es ist Mitternacht!«

»Uwe hier. Sorry, Mumu. Bist du ansprechbar?«

»Klar bin ich ansprechbar. Du hast mich ja auch geweckt. Also bin ich wach! Was ist denn los um Himmels willen?«

»Ich brauche dich hier. Dich und Tommy. Es klingt komisch, aber du kannst dich drauf verlassen, dass es sich lohnt.«

Uwe geht in Gedanken noch mal seine Geschichte durch, bevor er sie präsentiert. Nasir sieht ihn gespannt an und drückt den Lauf der Waffe wieder an Uwes Schläfe.

»Ja, was denn jetzt?«, dröhnt es aus dem Handy.

»Die Stadt hat vor ein paar Stunden angerufen. Es sind mehrere Flüchtlingsfamilien im Anmarsch. Die haben sie einfach in den Zug gesetzt und laut meinem Kontakt bei der Stadt sind alle Unterkünfte gnadenlos überfüllt. Nur noch ein paar Sozialwohnungen sind frei.«

Uwe holt Luft und versucht zu klingen, als wäre niemand anwesend, der ihm eine Knarre an den Kopf hält.

»Aha«, sagt Mustafa skeptisch. »Du nimmst mich auf den Arm, oder?«

»Hör doch zu. Die Wohnungen sind zwar frei, müssen aber geräumt werden. Sehen wohl aus wie Sau.«

»Ach jetzt komm. Uwe«, brummt Mustafa schlaftrunken und genervt. »Dann sollen die das halt selber machen. An einen gewissen Grad an Unordnung haben die sich mittlerweile sicher schon gewöhnt.«

»Mumu. Das lohnt sich. Ich habe den dreifachen Satz herausgeholt. Nachtzuschlag und so. Ich brauche das Geld. Bei mir sieht es echt mies aus«, versichert Uwe und denkt an seine Sorgen mit dem Finanzamt. »Für euch wird es sich auch lohnen! Gibt 'ne Prämie. Fünfhundert für jeden von euch.«

Uwe kann hören, wie Mustafa mehrere türkische Flüche von sich gibt.

»In 'ner Stunde bin ich da. Meine Frau wird mich töten. Und dich auch!«

Erleichterung macht sich in Uwe breit. Besser Mustafas Frau als der Typ hier über ihm, denkt er.

»Danke!«

Uwe legt auf und wählt die nächste Nummer. Wieder dröhnt das Tuten aus dem Handylautsprecher. Sekunden vergehen.

Nichts.

Nach mehreren Versuchen gibt es Uwe auf und sieht zu Nasir, der zwei Schritte zurückgeht und die Waffe auf Uwe richtet.

»Gut, dann haben wir jetzt ein richtiges Problem miteinander.«

***

Ein fieses Vibrieren reißt mich aus dem Schlaf. Ich ignoriere es, weil ich spüre, wie mein Schädel kurz vor dem Bersten ist. Erste Bilder tauchen vor meinem Auge auf und ich spüre, dass ich noch betrunken bin.

Die Gruppe vor dem Hasen.

Meine Panik.

Bier.

Mehr Bier.

Oh nein, was bin ich nur für ein Idiot? Ich sehe mich kurz um, aber es ist zu dunkel. Immerhin kann ich das Hotelbett unter mir fühlen. Ich habe es also immerhin noch ins Zimmer geschafft. Vorsichtshalber bleibe ich noch ein paar Sekunden liegen und justiere meine Gliedmaßen. Für ein schlechtes Gewissen ist keine Zeit. Ich versuche, das Handy vom Nachttisch zu nehmen, greife aber ins Leere, weil mein Arm unkoordiniert schwankt. Nach mehreren Versuchen erwische ich es endlich und aktiviere das Display, dessen greller Schein mich im finsteren Zimmer blendet. Ich sehe alles doppelt und muss ein Auge zukneifen, lese aber, dass sechs neue Nachrichten einer unbekannten Nummer eingetrudelt sind und fünf Anrufe in Abwesenheit. Abwesenheit trifft es nicht annähernd. Ich fühle mich immer noch wie erschlagen und könnte wetten, dass ich im Koma lag. Die Anrufe sind mir egal. Zuerst kümmere ich mich um die Nachrichten. Wieder muss ich ein Auge zukneifen, um lesen zu können.

Hey Papa. Sorry, dass ich mich erst jetzt melde.

Mama hat mir das Handy weggenommen!

Sie sagt, ich soll nicht so viel mit dir schreiben!

Sie ist so ätzend.

Oh ja, das ist sie. Das war sie aber nicht immer. Zumindest glaube ich das. Es ist einfach zu lange her, um das zu beurteilen.

Jetzt schreibe ich dir einfach von dem anderen Handy. Mama schnallt das nicht. Kannst du mich nicht zu dir holen?

Bitte

Oh Süße, ich arbeite ja daran. Wenn du nur wüsstest. Silke war als Mutter noch nie sonderlich gut. Das meiste habe ich schon erfolgreich verdrängt. Aber ich kann nichts dagegen machen. Die Erinnerungen platzen hervor wie die Geschwüre eines Leprakranken. Vor allem dieser eine Moment ist noch präsent. Als ich von der Arbeit zurückkam und mich ein Nachbar darauf ansprach, ob es eine gute Erziehungsmaßnahme sei, unser Kind auf den Balkon zu sperren, wenn es schreit. Ab diesem Moment wusste ich, dass das mit Silke ein böses Ende nehmen würde. Wie böse, dafür reichte meine Vorstellungskraft noch nicht, aber insgeheim wusste ich es. Ich hätte sofort die Reißleine ziehen müssen. Stattdessen habe ich mich einlullen lassen. Genau wie auf der Arbeit. Bis es dann irgendwann zu spät war. Ich bin ein wahrer Meister im Ignorieren der Realität.

Ich öffne den Chat und versuche, eine Antwort zu tippen.

Hey, meine Kleine. Weißt du, wo dein Pass ist?

Kann ich sie wirklich in die Sache hineinziehen? Ich bringe sie in Gefahr, aber wenn alles glatt läuft, wird unser Leben wie ein endloser Traum sein.

Wir machen eine kleine Reise, dafür werden wir den brauchen.

Es ist eine Qual in meinem Zustand zu tippen, aber nach unzähligen Korrekturen klappt es einigermaßen.

Ich hole dich heute nach der Schule gegen drei von zu Hause ab. Und sag Mama nichts davon!

Mein Herz klopft wie wild. Gedanken und romantische Bilder ziehen durch meinen trunkenen Kopf. Noch ist nichts davon real und wirkt wie in weiter Ferne, aber andererseits ist es doch schon fast zum Greifen nah. Ich setze mich auf und schüttele den Kopf. Noch immer kann ich es nicht glauben, wie der gestrige Tag verlaufen ist. Ich hätte mir das verkneifen müssen. Panik hatte ich. Verfolgungswahn. Dabei muss ich einfach die Ruhe bewahren. Und das bestenfalls ohne diesen flüssigen Teufel.

Meine Knochen schmerzen wie die eines alten Mannes, als ich vom Bett aufstehe. Kein Wunder, die Matratze ist knüppelhart. Ich leuchte mit dem Handydisplay durchs Zimmer. Irgendetwas stimmt nicht. Es sieht aus, als hätte eine Bombe eingeschlagen. Scheinbar hatte ich meinen Spaß, denn überall liegt der Inhalt meines Koffers verteilt auf dem Boden. Außerdem steht die Minibar offen, was erklärt, warum ich nach ein paar Bier noch immer so betrunken bin. Ich lege das Handy zurück und knipse die Nachttischlampe an. Absolutes Chaos. Vor dem Flachbildschirm in der Ecke des kleinen Raumes fällt mir eine dreckige braune Socke auf. Sie gehört nicht mir. Ganz sicher nicht. Kaum habe ich sie in der Hand, dringt ein stechender Geruch in meine Nase und mir wird die gesamte Tragweite der letzten Nacht bewusst. Der Geruch der Socke bringt mich zum Würgen.

Es geht ganz schnell und fühlt sich an wie ein Hirnschlag. Als würde mir jemand einen Baseballschläger über den Hinterkopf ziehen. Mein Filmriss löst sich im Nichts auf und das Feuer meiner Unfähigkeit schießt mir durch das Rückenmark direkt in mein Gehirn.

Das darf doch alles nicht wahr sein.

Völlig betäubt dreht sich mein Körper wieder in Richtung des Bettes. Dabei muss ich doch nur eins und eins zusammenzählen. Die Sachen, die gerade auf dem Boden verteilt sind, waren im Trolley. Zusammen mit dem Geld. Wenn der Trolley nicht zufällig noch immer unter dem Bett sein sollte, dann ist er weg, und dank der Socke weiß ich auch, wer ihn hat. Wie in Trance fühle ich, wie sich mein Körper bückt und ich unter das Bett sehe.

Er ist nicht mehr da.

Neben diesem fiesen Gefühl der Unfähigkeit gesellt sich noch ein weiteres. Ich brauche ein paar Sekunden, um es zu deuten, doch dann kann ich es schließlich einordnen. Es ist

Erleichterung. Ich fühle mich tatsächlich erleichtert, dass mir jemand die fünf Millionen Euro geklaut hat.

In mir tobt ein echtes Gefühlschaos. Gerade eben habe ich Marie noch geschrieben, dass sie sich ihren Pass schnappen soll. Ich dachte an einsame Strände und ein schickes Häuschen. Wie erkläre ich das nun meinem Sonnenschein?

Auf dem Nachttisch, der eigentlich nur ein an die Wand gedübeltes und mit Eiche furniertes Stück Pressspan ist, vibriert mein Smartphone wieder vor sich hin. Wahrscheinlich Marie, die sich freut wie ein Schneekönig und wissen will, wohin es denn nun geht.

Ich nehme das Telefon, kann die Nummer aber nicht deuten. Nun sind es bereits sechs Anrufe in Abwesenheit. Maries Nummer ist es zumindest nicht, aber irgendwie kommt sie mir bekannt vor. Ich tippe auf den Telefonhörer neben der Nummer und beobachte das Handy dabei, wie es wählt. Sofort nimmt jemand ab, sagt aber nichts. Ich muss vorsichtig sein und nenne meinen Namen ebenfalls nicht.

»Wer ist da?«, frage ich.

Aus dem Handy dringt noch immer nur ein Rauschen. Merkwürdig.

»Marie? Bist du das?«

Plötzlich höre ich ein ersticktes Husten.

»Tommy!«

Es ist Mumus Stimme. Was will er zu dieser Zeit?

»Hör mir zu, Tommy!«

Oh nein. Er klingt ernst. Irgendetwas muss passiert sein.

»Was ist denn los, Mustafa?«, frage ich, aber irgendwie kann ich die Antwort bereits erahnen.

Es geht um das Geld. Er hat es herausbekommen. Will er seinen Teil abhaben? Das könnte mittlerweile schwierig werden.

»Hast du in der Wohnung gestern Geld gefunden und bist deshalb abgehauen?«

Also weiß er es tatsächlich. Ich überlege, ob ich es zugebe, weil ich es sowieso nicht mehr habe oder einfach leugne. Mein Zögern dauert jedoch schon zu lange und für eine Antwort ist es zu spät. Er spricht weiter.

»Bitte, Tommy. Bring es her, sonst bin ich tot. Mir hält hier gerade der Besitzer des Geldes eine Knarre an den Kopf. Uwe hat es schon erwischt. Der Typ hier meint es wirklich ernst.«

Ich merke, wie das Blut aus meinem Schädel in den Bauch fließt und mich auf das Bett zurückzieht. Wie zum Geier sind sie an Mustafa geraten?

»Tommy! Sag doch was.«

Mumu fleht regelrecht. Es geht um sein Leben.

»Das Geld. Ich habe es nicht mehr. Ich ...«

Oh scheiße. Sie werden ihn umbringen.

»Ich hab es nicht mehr.«

»Tommy! Was soll das heißen? Du hast es nicht mehr?«, brüllt Mustafa.

Er hat Panik. Ich ebenfalls.

»Warte. Ich weiß, wer es hat«, sage ich, spreche damit aber nur eine Vermutung aus.

Plötzlich raschelt es und eine fremde Stimme ist zu hören. Er spricht akzentfrei und klingt trotzdem wie ein Ausländer.

»Hör zu, du Wurm. Du wirst mir das Geld bringen. Vermutlich weißt du nicht, mit wem du dich anlegst. Dein Freund wird der Anfang sein. Aufhören werden wir erst bei deiner Familie. Dich lassen wir leben, damit du die restliche Zeit deines Daseins damit verbringen kannst, um zu trauern.«

Verdammte Scheiße! Wie wäre das Gespräch wohl verlaufen, wenn ich das mit dem Geld einfach abgestritten hätte? Wie tief kann man eigentlich in der Scheiße sitzen? Ich bohre mir aus Wut über mich selbst den Finger in die Schläfe, bis der Schmerz so stark ist, dass mir fast schwarz vor Augen wird.

»Verstanden«, antworte ich, auch wenn ich nicht den Hauch einer Ahnung habe, ob ich an das Geld überhaupt noch herankomme. »Aber ich werde Zeit brauchen, um es zu besorgen.«

Der Typ am anderen Ende der Leitung ist verstummt. Alles, was ich höre, ist Mumus gequältes Husten. Vermutlich hat er gut eins auf die Schnauze bekommen. Die arme

Sau. Und es ist alles meine Schuld. Wieder raschelt es aus dem Lautsprecher.

»Du bekommst genau zwei Stunden Zeit. Bist du nicht um Punkt vier Uhr hier, werden viele Menschen deinetwegen sterben.«

Ich will protestieren, denn zwei Stunden sind vorbei wie nichts, stottere aber nur ein lang gezogenes »*Aaabber*« in den Hörer.

»Hör zu!«, schreit der Typ. »Bist du nicht Punkt vier mit dem Geld hier in der Werkstatt, knalle ich deinen Kumpel ab und hole mir dann deine Familie. Rufst du die Polizei, tötet einfach jemand anderes in meinem Auftrag.«

Die Leitung ist tot. Er hat aufgelegt. Die Scheiße ist am Dampfen. Jetzt ist es also so weit. Ich habe mein Glück über Gebühr herausgefordert. Schaffe ich es nicht, das Geld zu beschaffen, wird Mumu sterben. Es gibt keinen Grund, daran zu zweifeln. Ich konnte seine Todesangst durch die Leitung förmlich am eigenen Leib fühlen. Und Uwe habe es scheinbar schon erwischt, sagte Mumu.

Was meinte er damit? Ist er tot oder lebt er noch?

Meine Halsschlagader pocht im Stakkato eines Heavy-Metal-Drummers, als mir klar wird, welche Schuld ich auf mich lade. Vielleicht sollte ich doch die Polizei einschalten? Aber die Konsequenzen haben sich bereits in mein Hirn gebrannt und bringen mich von dem Gedanken in derselben Sekunde wieder ab.

Marie stirbt.

Mumu stirbt.

Silke stirbt.

Und ich saufe mich innerhalb kürzester Zeit zu Tode.

Nachdem ich ein paar Minuten damit verschwende, Jimmy auf seinem Handy zu erreichen, schlüpfe ich so schnell es geht in meine Jeans und ziehe mir den grobmaschigen Cardigan über, der mit den anderen Sachen am Boden liegt. Mir bleiben nicht mehr ganz zwei Stunden Zeit und ich habe noch nicht einmal eine Ahnung, wo dieser blöde Penner wohnt.

Aber Branko könnte es wissen! Ich muss in die Bar zurück.

***

»Nein, Tommy, keine Ahnung! Irgendwo hier in der Nähe, glaube ich. Aber wo genau, das weiß ich nicht«, antwortet Branko, nachdem er mich fragt, ob ich denn überhaupt schon wieder nüchtern sei.

Die Bar ist wie immer fast leer. Im hinteren Bereich tummelt sich der 5000-Volt-Klub, dessen Mitglieder noch immer vereinzelt herumgrölen. Ich bin erledigt. Das Spiegelbild hinter der Bar bestätigt mir meine Erkenntnis mit meiner geisterhaften Erscheinung.

»Tommy, was ist los?«, fragt Branko und lehnt sich mit beiden Armen auf den Tresen. Sein weißes Handtuch hängt klischeehaft über seiner Schulter. »Warum suchst du Jimmy? Du bist doch erst vor ein paar Stunden mit ihm hier raus.«

Es ist aussichtslos. Zwanzig Minuten sind schon vergangen. Ich hatte jede Hoffnung auf Branko gesetzt.

»Er hat mich im Schlaf beklaut«, entgegne ich resigniert. »Diese verdammte Sau.«

Branko setzt einen skeptischen Blick auf und mustert mich von oben bis unten.

»Du siehst mal so richtig scheiße aus. Wie wäre es, wenn du dich wieder aufs Ohr legst und morgen Abend noch mal vorbeikommst, oder, wenn du ihm richtig eins reinwürgen willst, einfach gleich zur Polizei gehst?«

Branko kapiert nicht, in welcher Situation ich mich befinde. Wie denn auch.

»Ich muss ihn jetzt gleich finden, Branko!«, platzt es aus mir heraus. Ich schreie fast, weil schon wieder Panik in mir aufsteigt. »Es geht um Leben und Tod!«

Brankos Augen weiten sich. Aber im Gegensatz zu mir bewahrt er die Ruhe.

»Soso. Um Leben und Tod also. Ich kann mir schon denken, um was es geht«, sagt er und geht einfach zur Spüle und trocknet seelenruhig ein nasses Bierglas ab.

Was ist das schon wieder für ein Film?

»Wie, du weißt, um was es geht?«, gifte ich ihn an und laufe die Bar entlang in seine Richtung.

»Na komm, du kannst es ruhig zugeben. Ich sehe das hier fast täglich. Nur weil ich es dulde, heißt es nicht, dass ich es auch gutheiße.«

Mit seinem unklaren Geschwätz treibt er mich in den Wahnsinn.

»Was zur Hölle willst du eigentlich, Branko? Was weißt du verdammt noch mal von Jimmy?«

»Eines sage ich dir. Bis heute hätte ich nicht gedacht, dass du auch einer von denen bist. Ich habe dich einfach nur für einen dieser Säufer gehalten.«

Einer von denen?

Nur ein Säufer?

Ich bin kurz vor dem Ausflippen.

»Branko, bitte. Von was sprichst du? Sag es mir!«, flehe ich.

»Na, sieh dich an. Du siehst aus wie ein Junkie und verhaltst dich wie einer. Wo ich herkomme, gibt es ein Sprichwort. Wenn es aussieht und riecht wie ein Scheißhaufen, dann ist es auch einer.«

»Junkie? Leck mich, Branko! Sag mir lieber, wo ich Jimmy finde!«

»Wenn du Stoff brauchst, kannst du auch gleich die Kerle da hinten fragen.«

Branko nickt in Richtung der grölenden Wodka-Truppe.

»Jimmy arbeitet für die. Hast du das nicht gewusst?«

Vor mir brechen wahre Abgründe auf. Immerhin erklärt das zumindest, woher Jimmy seine Kohle hat.

»Nein. Wusste ich nicht, Branko.«

Ich zögere keine Sekunde und laufe in den hinteren Teil der Bar. Meine Uhr sagt mir, dass es halb drei ist. Unter normalen Umständen würde ich mich diesen Typen nicht einmal auf zehn Meter nähern. Sie sehen alle aus, als wären sie aus einem sibirischen Straflager ausgebrochen und belegen den größten Ecktisch in der ganzen Bar. Vier von ihnen sehen halbwegs friedlich aus und reden angeregt miteinander. Drei stehen auf der rechten Seite am Tisch und können kaum noch aufrecht stehen. Ich verstehe kein Wort von dem, was sie lallen. Auf dem Tisch steht eine beträchtliche Menge leerer Wodkaflaschen. Außerdem erkenne ich mehrere Elektroschocker in Form eines Schlagstockes auf dem Tisch. Die Story stimmt also tatsächlich.

Ich stehe wie ein geparktes Auto vor dem Ecktisch und warte auf den richtigen Moment, um die Aufmerksamkeit auf mich zu lenken, dabei habe ich sie bereits. Ganz hinten brüllt jemand etwas auf Polnisch. Ich kann aber nicht erkennen, wer es ist, weil die Lampe direkt über dem Tisch hängt und mich so blendet, dass sein Gesicht nur ein schemenhafter Umriss ist. Wieder brüllt er etwas, das sich anhört wie ein Name.

»KOWALSKI!«

Vor mir hebt sich ein Kopf und sieht sich um. Der Typ hat offensichtlich von allen am meisten gebechert. Er steht auf, wankt, stolpert nach hinten, hält sich aber rechtzeitig am Tisch fest.

»Was willst du?«, fragt er.

Sein Deutsch ist überraschend klar, nur seine Augenlider hängen auf halbmast. Er sieht mich an und ich könnte wetten, dass er einfach nur durch mich hindurchsieht.

»Wir verkaufen hier nichts. Verpiss dich!«, giftet er mich an.

»Ich will nichts kaufen. Kannst du mir sagen, wo ich Jimmy finde?«

Kaum habe ich meine Frage ausgesprochen, macht der Kerl, der offenbar Kowalski heißt, einen Sprung nach vorn, zieht mich am T-Shirt zu sich heran und haucht mir mit seinem Wodka-Atem aus zwei Zentimeter Entfernung ins Gesicht. Sein Griff ist so fest, dass ich, obwohl ich stolpere, aufrecht stehen bleibe.

»Was willst du von ihm?«

Mir wird fast schlecht von seinem Atem, aber ich wage es nicht, mich zu wehren. Stattdessen klopfe ich ihm auf die Schultern, als wären wir alte Freunde.

»Alles okay, Mann. Es geht nicht um Drogen oder so ein Zeug«, versichere ich.

Er lässt noch immer nicht locker.

»Um was dann?«

Sein Griff wird immer fester. Mittlerweile schnürt er mir den Atem ab und ich höre mich selbst röcheln. Wir schwanken, weil Kowalski das Gleichgewicht kaum halten kann.

»Jimmy. Er hat etwas, das mir gehört!«

Der Kerl hinter dem Tisch schreit etwas, das ich wieder nicht verstehe. Diesmal aber nicht, weil ich kein Polnisch kann, sondern weil das Rauschen in meinen Ohren zu stark ist. Der Griff von Kowalski lockert sich und meine Fersen berühren endlich wieder den Boden.

»Kowalski! Was will der Vogel?«

»Irgendwas von Jimmy, sagt er.«

»Was genau?«

»Keine Ahnung, Boss.«

Hinter dem Tisch bewegt sich ein wahres Ungetüm. Geschätzt über zwei Meter groß und nahezu drei Zentner schwer. Seine Glatze leuchtet fast genauso im Schein der Lampe wie das Stück der Goldkette, das unter seinem schwarzen T-Shirt hervorblitzt. Ich bin mit meinen fast eins neunzig schon nicht klein, aber der Kerl vor mir ist ein wahrer Berg. Ich versuche, ihn nicht zu ehrfürchtig anzusehen, als mir auffällt, dass ich seine schwarze Lederjacke aufgrund ihrer Größe auch als Bademantel tragen könnte.

»Ich bin Novak. Was willst du von Jimmy? Ich habe dich hier schon öfter mit ihm gesehen. Habt ihr geschäftlich miteinander zu tun?«

Novak betont das Wort *geschäftlich* unbewusst und zieht es ein wenig zu sehr in die Länge. Ich habe keine Ahnung, was die richtige Antwort ist, aber das Geld erwähne ich mit Sicherheit nicht.

»Wir trinken öfters hier miteinander. Er hat mich beklaut. Ich muss wissen, wo er wohnt.«

»So. Das willst du also wissen. Und wieso sollte ich dir das sagen?«

Weil meine Familie sonst erschossen wird, du Arsch.

»Er hat mir Geld geklaut. Ich bringe euch die Hälfte davon, wenn ihr mir sagt, wo er ist.«

Novak fängt an zu lachen. Ein tiefes kehliges Gurgeln.

»Was denkst du. Sehen wir aus, als hätten wir Geldprobleme?«

»Nein, sicher nicht«, antworte ich und werde sofort unterbrochen.

»Wie viel hat er dir geklaut?«

Ich überlege. Welche Summe ist hoch genug, um sie zu ködern, aber so wenig, dass sie keine Lunte riechen.

»Zwanzigtausend.«

»Zwanzig Mille? Und du gibst uns zehn davon ab?«

»Ja.«

Novak sieht zu Kowalski.

»Wie viel bringt uns Jimmy in einer Woche ein?«

»Nicht viel. Fünf, vielleicht sechstausend«, antwortet Kowalski und fasziniert mich immer noch damit, wie klar sein Verstand ist, obwohl er sich kaum am Tisch festhalten kann.

Novak sieht mir direkt in die Augen. Ich kann förmlich fühlen, wie er rechnet.

»Gib mir deinen Ausweis«, befiehlt er.

»Meinen Ausweis?«, frage ich dümmlich, weil ich nicht damit gerechnet habe, dass er ein Pfand von mir verlangt.

Ich krame in meinem Geldbeutel und ziehe das schmuddelige Plastikkärtchen heraus und gebe es dem Hünen.

»Gut, das langt uns fürs Erste«, erwidert Novak ruhig und wendet sich wieder Kowalski zu. »Haben wir Ersatz für Jimmy?«

»Sicher Boss.«

»Alles klar. Dann führst du ab morgen jemand Neues in das Gebiet ein. Aber jemanden, der mehr Umsatz macht. Verstanden?«

»Mach ich, Boss.«

»Und jetzt bring unseren neuen Freund zu Jimmy.«

Kowalski stolpert zu mir, greift meinen Arm und zieht mich vom Tisch weg. Aber Moment. Ersatz für Jimmy? Ich bleibe stehen und ziehe meinen Arm aus seinem Griff. Jetzt ist Schluss, ich muss meinen Mann stehen, bevor hier noch mehr zu Schaden kommen.

»Novak!«, rufe ich dem Berg hinterher.

»Lasst Jimmy in Ruhe! Das ist allein eine Sache zwischen mir und ihm!«

Die laufende Schrankwand dreht sich wieder zu mir und runzelt die Stirn.

»In Ruhe lassen? Was, denkst du, machen wir mit ihm? Wir sind hier in keinem scheiß Tatort.« Novak macht eine Pause und tippt sich mit dem Finger an die Stirn. »Wir machen aus ihm wieder einen Hartz-IV-Empfänger und keine Leiche. Und jetzt hau endlich ab und hol uns unser Geld.«

Ich kann schon nicht mehr antworten, da zieht mich Kowalski wieder zielstrebig aus der Bar. Mir wäre es deutlich lieber, sie hätten mir nur gesagt, wo ich ihn finde. Jetzt kann ich mir gleich noch überlegen, wie ich Kowalski einen Trolley mit fünf Millionen verheimliche.

Branko sieht mir verstört nach und formt mit seiner Hand versteckt ein Telefonzeichen, weil er vermutlich denkt, dass ich Ärger habe. Soweit stimmt das ja auch, nur nicht allein mit diesen polnischen Schränken. Ich versuche, ihm zuzulächeln, und schüttle den Kopf, was ihn offenbar beruhigt, da er nickt. Bevor Kowalski mich endgültig aus der Bar zieht, erhasche ich einen letzten Blick auf die Uhr. Kurz nach halb drei. Zum ersten Mal bin ich ein wenig zuversichtlich. Ich kann es schaffen, wenn Jimmy das Geld tatsächlich in seiner Wohnung bunkert und er dort auch noch anzutreffen ist.

Die S-Bahn-Haltestelle ist komplett verlassen. Die nächste Bahn fährt auch erst wieder in ein paar Stunden. Es ist niemand da, der mit ansehen könnte, wie Kowalski mich durch die Haltestelle zerrt.

»Lass mal los, verdammt! Ich komme doch freiwillig mit.«

Bei Kowalski läuft irgendein Film. Er wirkt abwesend, was nicht sehr vertrauenerweckend ist. Seine Augenlider sind noch immer halb geschlossen. Vermutlich hat er irgendetwas geschmissen.

»Hallo!«, sage ich deutlich lauter.

Ich reiße meinen Arm aus seinem Griff und erwecke ihn damit offenbar zum Leben. Er knurrt bösartig, lässt aber los.

»Macht der Gewohnheit. Normalerweise folgen die Leute nicht ohne Nachdruck.«

Nachdruck. Genauso hat es sich angefühlt. Kowalski ist vermutlich Profi im Nachdruck ausüben. Er sieht auch aus, wie ich mir einen typischen Ostblockgangster vorstelle. Stiernacken, stämmiger Körperbau, raspelkurze Haare und ein wulstiges, eingedrücktes Gesicht.

»Da hinten«, sagt Kowalski und zeigt auf eine schwarze E-Klasse neueren Baujahres. Sie steht auf einem großen Behindertenparkplatz direkt an der Straße vor den geschlossenen Läden und direkt gegenüber der Bank, wo es mich auf die Schnauze gelegt hat. Kowalski ist so angetrunken, dass der gewählte Parkplatz durchaus zu seiner körperlichen Verfassung passt. Das kann so nicht gut gehen, aber ich tröste mich damit, dass der Kerl sicher nicht zum ersten Mal in seinem Zustand fährt und noch immer am Leben ist.

Wir steigen ein und fahren los. Kowalski gibt beim Anfahren so viel Gas, dass es mich in den Sitz drückt. Was für ein verrückter Typ. Ich hätte selbst nüchtern Probleme damit, so schnell durch die Gassen zu heizen. Die E-Klasse scheint das wenig zu beeindrucken, sie bügelt alle Fahrbahnunebenheiten sachte weg. Nach etwa sechs Querstraßen und fünf fast gestreiften Fahrzeugen haut Kowalski plötzlich die Bremse rein. Mich drückt es in den Gurt, aber die Reifen quietschen nicht einmal.

»Hier«, brummt Kowalski und nickt auf ein unscheinbares Gewerbehaus.

Ich mache mir auf einmal Sorgen, dass Jimmy uns sehen könnte und sich aus dem Staub macht.

»Können wir hier einfach stehen bleiben?«

Kowalski versteht offenbar, worauf ich hinauswill.

»Er wohnt nach hinten hinaus«, sagt Kowalski und lehnt sich zu mir rüber.

Im Handschuhfach liegt eine Pistole. Er nimmt sie stumm an sich, sagt dann aber doch noch etwas Beruhigendes.

»Nur für den Fall. Ich will ihn nicht erschießen.«

Ich glaube ihm und steige aus dem Wagen. Die Gegend ist um diese Zeit wie ausgestorben. Allein das dumpfe Rauschen der Stadt ist zu hören. Ich kenne das Viertel halbwegs, weil mein Zahnarzt hier seine Praxis hat, wäre aber nie auf die Idee gekommen, dass Jimmy in irgendeiner Hinterhof-Wohnung in einem Gewerbegebiet wohnt. Das Gebäude ist so austauschbar wie jedes andere Gewerbegebäude, das in den Siebzigern gebaut wurde. Sichtbeton und kleine Fenster. Nicht unbedingt das, was ich als schön bezeichnen würde. Aber nach Architektur steht mir gerade auch nicht der Sinn. Meine Uhr zeigt bereits Viertel vor drei an. Wenn ich hier gegen drei wieder wegkomme, kann ich es bis vier zur Werkstatt schaffen. Allmählich wird mir wieder schlecht und ich glaube nicht, dass das am Restalkohol liegt, den ich noch im Blut habe.

Kowalski stolpert endlich hinter dem Wagen hervor. Kurzzeitig fühle ich mich, als hätte mich jemand in »Dinner for one« versetzt, nur mit dem Unterschied, dass Kowalski kein Butler ist und ich keine alte Dame.

»Mach Platz«, sagt er schroff und schiebt mich zur Seite, weil ich vor der Eingangstür des Gebäudes stehe.

Er hat den Schlüssel und ich frage nicht, warum das so ist. Man muss nicht alles wissen. In diesem Fall will ich es gar nicht. Wahrscheinlich haben sie hier ein Lager, wo unzählige AK47 liegen, die sie regelmäßig in irgendwelche Krisenherde liefern. Wir nehmen das Treppenhaus und laufen anschließend einen gefühlt unendlich langen Flur entlang. Die Fenster auf der rechten Seite verraten mir, dass wir an der Längsseite des Gebäudes entlanglaufen. Am Ende des Ganges ist ein zweites Treppenhaus. Wieder geht es einen Stock hinauf. Es ist der vierte, wenn ich richtig gezählt habe. Die Bestätigung dafür bekomme ich an Jimmys Tür, an der die Nummer 439 prangt. Alfred Drechsler steht auf dem Türschild. So heißt er also mit Nachnamen. Aus seiner Wohnung dringt der dumpfe Klang eines Fernsehers. Scheint so, als würde meine Glückssträhne anhalten.

Ich sehe zu Kowalski und rechne damit, dass er die Tür eintritt, aber er klopft höflich. Jimmy reagiert nicht. Keine Frage, wer da ist. Kein Husten. Nichts. Kowalski klopft stärker. Diesmal mit der Faust. Die Tür erzittert unter seinem Gehämmer.

Immer noch nichts.

Vermutlich hat sich Jimmy mit dem Geld schon aus dem Staub gemacht. Erbärmlich, dass mir ein versoffener Penner zeigen muss, wie es richtig geht. Das Geld war nicht einmal zwei Tage in meinem Besitz und schon habe ich es verloren. Scheinbar ist nun doch noch der Moment gekommen, zur Polizei zu gehen. Es geht um Mustafa, irgendwie muss ich ihm das Leben retten. Vielleicht lebt Uwe auch noch und ich habe das Glück, mit einer Bewälrungsstrafe davonzukommen. Aber selbst wenn, Marie sehe ich so bald nicht wieder. Dafür wird Silke sorgen, denn sie hat alle Trümpfe in ihrer Hand.

»Hat sich aus dem Staub gemacht«, flüstere ich entgeistert gegen die Tür.

»Wegen zwanzig Mille?«, knurrt Kowalski. »Sicher nicht. Die Sau hat viel zu kleine Eier, um vor uns wegzurennen. Geh zur Seite.«

Mit *uns* meint Kowalski sicher nicht mich und ihn. Ich gehorche, trete von der Tür weg und lasse mich überraschen, welche Tricks der Pole noch so drauf hat. Kowalski holt aus und tritt mit seinem dunklen Stiefel genau oberhalb des Knaufs zu. Das Türblatt bricht mit einem lauten Krachen und der Pole kann den Rest des Blatts wegbrechen und durch das entstandene Loch greifen. Die Tür gleitet auf und gibt ein Bild der Verwüstung preis. Fast komme ich mir vor wie bei der Arbeit. Aber auch nur fast, denn normalerweise komme ich immer erst dann zum Einsatz, wenn die Leichen schon aus der Wohnung geschafft worden sind.

Durch die offene Tür fällt mein Blick direkt auf ein versifftes rotes Stoffsofa. Jimmy liegt darauf und macht nicht den Eindruck, als würde er nur schlafen. Sein rechter Arm hängt zur Seite und an ihm noch immer die Spritze, mit der er sich vermutlich einen goldenen Schuss gesetzt hat. Kowalski geht als Erster in die Wohnung.

»Jetzt wundert es mich nicht mehr, dass wir mit ihm so wenig Umsatz gemacht haben.«

Jimmy war ein Säufer, irgendwie auch ein Penner, aber für einen Junkie oder gar Dealer hätte ich ihn nie gehalten. Ich kann meinen Blick kaum von ihm lösen. Seine Augen liegen eingefallen in tiefen, dunklen Höhlen. Noch ein Stück tiefer und ich könnte nicht einmal sagen, ob sie wirklich geschlossen oder doch geöffnet sind. Immerhin sieht er friedlich, fast glücklich aus. Nicht ohne Grund gilt der Tod aus der Nadel als schöner Tod. Die Überdosis lässt einen einschlafen, bis man schließlich das Atmen vergisst und nicht mehr aufwacht. Ich habe aber eigentlich nicht die Zeit, mir Gedanken darüber zu machen, was mit Jimmy passiert ist, und sehe mich wieder im Raum um. Überall liegen alte Essensreste, Zeitungen, wild zusammengewürfeltes Zeug.

»Siehst du dein Geld?«, raunzt mich Kowalski an und versetzt mich damit schlagartig in die Realität. Ich fühle mich, als hätte ich minutenlang vor Jimmy gestanden.

Der kleine graue Reisetrolley steht direkt vor dem Sofa.

Das Geld.

Kowalski.

Wie stelle ich es bloß an, dass er nichts von den fünf Millionen mitbekommt? Der Pole trägt seine Waffe wie im Film in den hinteren Hosenbund gesteckt. Ich muss ihn irgendwie dazu bringen, mir den Rücken zuzukehren.

»Nein. Ich sehe es noch nicht«, antworte ich auf seine längst überfällige Frage und laufe zum Trolley, den ich sanft mit dem Fuß anstoße, um zu prüfen, ob das Geld noch drin ist.

Das Gepäckstück bewegt sich keinen Millimeter und ist sicher noch immer randvoll. Ich sehe mich um und erwecke den Eindruck, als würde ich suchen. Die Wohnung ist wirklich winzig. Noch kleiner als meine. Es gibt nur eine Küche und ein Bad. Scheinbar hat Jimmy schon immer auf diesem Sofa geschlafen. Immerhin bequemer als die Metallbank einer S-Bahn-Unterführung. Jimmys Gestank lenkt mich zwar ab, aber mir fällt ein vollgestelltes Billyregal hinter Kowalski auf.

»Hey, wie wäre es, wenn du dir mal das Regal vornimmst und ich mir die Küche.«

Selbst von hier sieht die Küche ekelhaft aus. Den Deal wird er sicher nicht abschlagen. Kowalski grunzt und dreht sich wie gewünscht um. Ich darf gar nicht groß darüber nachdenken, was Kowalski mit mir anstellt, wenn meine Aktion schiefgeht. Immerhin reicht die eine Sekunde aus, um mir trotzdem einen Adrenalinschub zu verpassen. Ich mache drei leise Schritte in seine Richtung und beobachte seine Reaktion. Ich muss sowieso an ihm vorbei, um in die Küche zu gelangen. Hinter ihm stehend, ziehe ich die Waffe mit einem Ruck aus seinem Hosenbund. Er dreht sich sofort um, aber ich springe zurück und ziele auf seinen Kopf.

»Bleib ruhig«, sage ich und hoffe, dass er nicht erkennt, dass ich zum ersten Mal in meinem Leben eine Waffe halte.

Kowalski sieht aus, als würde er gleich platzen.

»Was willst du? Du wirfst dein Leben doch nicht wegen zehntausend Euro weg.«

Ja, was will ich? Gute Frage. Endlich wieder ein normales Leben und aus diesem Schlamassel herauskommen.

»Gib mir deine Autoschlüssel.«

Kowalskis Blick verfinstert sich noch weiter, aber er kramt in seiner Hosentasche und wirft mir die Schlüssel zu.

»Junge. Du weißt gar nicht, in welcher Scheiße du jetzt sitzt. Novak wird dich in den Boden stampfen.«

Kowalski nicht aus den Augen verlierend, laufe ich zum Trolley zurück und öffne ihn einen Spalt weit. Dem Anschein nach ist das Geld komplett. Ich nehme ein Bündel mit Zweihunderteuroscheinen heraus und werfe es Kowalski vor die Füße, weil ich nicht auch noch Ärger mit den Polen will.

»Du kannst dir gar nicht vorstellen, wer mich alles in den Boden stampfen will. Ihr seid da momentan leider meine geringste Sorge.«

Kowalski sieht skeptisch auf den Boden. Ich kann mit ansehen, wie er nachdenkt und immer wieder auf den Trolley sieht. Ich versuche, mich zu beruhigen und meine zittrige Stimme zu unterdrücken.

»Vor dir liegen knapp sechzigtausend. Das sollte als Entschädigung für die Nutzung deines Wagens ausreichen.«

Kowalski nickt langsam und mustert die Waffe. Ich glaube, er hat etwas bemerkt, das mir entgangen ist. Vermutlich ist sie noch gesichert. Immerhin halte ich sie richtig herum.

»Der Trolley sieht schwer aus, wie viel ist da drin?«

»Kann ich dir nicht sagen.«

»Junge. Tu, was du tun musst. Aber wenn das Ding voll ist, bist du ein toter Mann. Niemand lässt dich für den Verlust von so viel Geld leben.«

Kowalski ist ein richtiger Klugscheißer.

»Deshalb bringe ich es ja zurück.«

Der Pole setzt ein schiefes Grinsen auf.

»Das tut doch nichts zur Sache, du Idiot. Die bringen dich trotzdem um. Wir würden es zumindest tun.«

Na super. So ein wenig Aufmunterung tut richtig gut. Mir geht es direkt besser. Immerhin weiß mich meine Uhr zu beruhigen. Ich habe nicht mehr ganz eine Stunde Zeit, dafür aber einen fahrbaren Untersatz und das Geld. Eigentlich müsste ich Kowalski erschießen oder ihm eins über die Rübe ziehen, um zu verhindern, dass er mir folgt. Aber ich habe keinen blassen Schimmer, wie stark ich dafür zuschlagen müsste.

»Zähle bis hundert«, sage ich stattdessen. »Dann kannst du abhauen.«

Kowalski sieht mich ungläubig an und beginnt zu lachen.

»Spielen wir jetzt Verstecken, oder was? Keine Angst, ich folge dir schon allein deswegen nicht, weil ich das Geld nicht will. Zumindest nicht, bis ich nicht weiß, mit wem wir uns damit anlegen. Sieht für mich so aus, als hättest du das auch nicht gewusst.«

Wie recht der Pole doch hat. Ich drehe mich, ohne ein weiteres Wort zu sagen, um und renne zum Mercedes. Immerhin muss ich noch durch die halbe Stadt fahren.

Kapitel 8

Eskalation

»Sieht nicht gerade gut für dich aus!«

Nasir schaut auf seine Uhr. Eine Rolex Submariner, die er sich von seinem ersten großen Coup gekauft hat. Er ist ganz vernarrt in teure Uhren und kann es kaum erwarten, bis er sich endlich seine erste Hublot leisten kann.

Das Saphirglas der Uhr gibt einen leicht blauen Schimmer von sich, als er die Hand gegen das Licht hält, um zu prüfen, ob sie noch immer keinen Kratzer abbekommen hat. Bis vier Uhr sind es nur noch zwanzig Minuten. Nasir überlegt hin und her, aber wenn der Typ nicht kommen wird, muss er seine Familie einschalten. Dann wäre es aber auch Zeit für ihn, sich selbst aus dem Staub zu machen. Eine kleine Hoffnung hat er jedoch noch. Denn sie halten ihn für ein Lamm. Doch mittlerweile ist er zum Wolf geworden und kann seinen Großvater, sobald dieser sieht, wie ähnlich er ihm geworden ist, vielleicht doch noch besänftigen.

»Er ist selbst schuld«, sagt er gleichgültig zu Mustafa, der am Regal kauert und voller Abscheu Uwes Leichnam betrachtet.

»Aha«, bemerkt Mustafa resigniert. »Also läuft ihm jetzt das Blut aus dem Kopf, weil er selbst schuld ist? Du dreckiges Schwein. Ein mieser Bastard bist du.«

Nasir sieht auf Mustafa hinab. Um ihm die Rollenverteilung verständlich zu machen, hat er ihn zur Begrüßung den Griff seiner Pistole spüren lassen.

Mustafas Augenbraue ist geplatzt und eine riesige Schwellung lässt ihn aussehen wie einen Preisboxer. Nasir betrachtet sein Werk stolz und überlegt, ob es an der Zeit ist, ihm eine weitere Lektion zu erteilen. Dabei gesteht er sich jedoch widerwillig ein, dass er momentan keinen Antrieb dazu hat.

»Er war doch nur ein wertloser, fetter Typ. Was regst du dich auf?«

Mustafa kann nicht glauben, in welcher Situation er steckt. Ein Verrückter hat Uwe getötet und ihm vielleicht das Licht seines rechten Auges genommen. Durch die Schwellung erkennt er kaum noch etwas. Nicht einmal Licht dringt durch die Schwellung. Seine einzige Hoffnung liegt auf Tommy. Wenn er nicht in einer viertel Stunde erscheinen wird, wird er sich wohl oder übel etwas einfallen lassen müssen, wie er den Geisteskranken trotz seiner Waffe überwältigen kann.

Ganz im Gegensatz zu Mustafa fühlt sich Nasir wie neu geboren. Er ist stolz auf sich und seine Transformation zum Wolf. Nie hätte er erwartet, wie einfach es ihm fallen würde, einen Menschen zu töten. Diese eine Sekunde der Gleichgültigkeit reichte aus, um abzudrücken. Um ihm bewusst werden zu lassen, wie einfach das Töten ist.

Nun fühlt er sich größer, als jemals zuvor. Mächtig und überlegen. In ihm ist keine Spur der Verunsicherung oder des Zweifels geblieben. Mit dieser Erkenntnis reut es ihn plötzlich, sich das Verhör von Brenner gefallen lassen zu haben. Aber dafür wird er auch noch büßen, ist er sich sicher.

Die Minuten vergehen und Nasir sieht sich in seinem Verdacht bestätigt. Der Kerl namens Tommy wird nicht auftauchen. Er muss sich etwas anderes ausdenken.

»Ich stelle dir jetzt ein paar Fragen«, sagt Nasir bestimmt. »Dein Leben wird davon abhängen.«

Mustafa nickt.

»Wie ist der Nachname von diesem Wichser?«

»Hauser. Thomas Hauser«, antwortet Mustafa knapp. Er kommt sich vor wie ein Verräter. Aber auf der anderen Seite hat Tommy ihn und Uwe in diese verdammte Situation gebracht. Außerdem wird er es sowieso herausfinden.

»Wo wohnt er?«

»Keine Ahnung«, nuschelt Mustafa, weil ihm unbemerkt Blut über die Lippe und in den Mund läuft. »Ich war nie bei ihm.«

»Streng dich an. Du verlierst an Wert für mich.«

Mustafa ist bereits seit fast zwei Stunden im Büro. Eineinhalb davon hat er in permanenter Angst und Anspannung verbracht. Mittlerweile ist jedoch jegliche Energie aus ihm gewichen und damit auch ein gutes Stück seiner Angst.

»Du tötest mich doch sowieso«, erwidert er.

Nasir lässt ein erhabenes Lächeln blitzen.

»Hab mich noch nicht entschieden. Also, wo wohnt er?«

»Hinter dir im Regal stehen die Personalakten. Da dürfte es drinstehen.«

Er läuft zum Regal, ohne Mustafa aus den Augen zu lassen, und betrachtet die Ordner. Den schwarzen Leitzordner mit der Aufschrift Personal zieht er schließlich aus dem Regal und legt ihn auf den Schreibtisch. Von hier aus hat er sowohl Mustafa als auch die Tür im Blick. Der Inhalt des Ordners besteht nur aus ein paar unsortierten Seiten und nach wenigen Sekunden hat er, was er will. Den Lebenslauf von Thomas Hauser. Nasir liest mit Interesse.

Thomas Hauser, verheiratet mit Silke Hauser. Eine Tochter. Marie Hauser. Wohnhaft in der Blankensteinstraße, Frankfurt.

Nasir reißt das schon leicht verknickte Blatt heraus und steckt es in seine hintere Hosentasche. Mustafa beobachtet, wie ein weiteres bösartiges Lächeln über Nasirs Gesicht huscht. Wieder sind fünf Minuten vergangen und die Frist somit nahezu um. Nasir ist es leid, zu warten.

»Genug davon. Ich war sehr großzügig«, sagt Nasir. »Zwei Stunden hatte er, aber scheinbar bist du ihm nicht sonderlich viel wert. Schade, dass du ihm dafür nicht mehr danken kannst.«

Nasir kommt hinter dem Schreibtisch hervorgelaufen und richtet die Waffe auf Mustafa, so wie er es schon bei Uwe getan hat. Ein mittlerweile bekanntes Gefühl durchfährt ihn. Aber im Gegensatz zu Uwe sieht Mustafa nicht in die Mündung seiner Waffe, sondern einfach nur stur zur

Seite. Er nickt ergeben und doch keimt plötzlich ein Funken Hoffnung in ihm auf.

***

Die Tür zur Werkstatt ist aufgebrochen worden, was mich nicht verwundert. Kowalskis Worte haben mich so vorsichtig werden lassen, dass ich den Wagen einige Meter vor der Werkstatt abgestellt habe und mich so leise es geht durch die angelehnte Tür schlich. Ich liege zwar gut in der Zeit, dennoch finde ich genügend Gründe, um mir in die Hose zu machen. Und trotzdem, ich habe das Geld, warum also sollten sie mich noch töten?

Im Büro brennt Licht, aber anstatt das Geld endlich abzuliefern und Mumu zu befreien, denke ich jede Sekunde darüber nach, wie ich aus dieser Situation heil wieder herauskomme.

Zweifel plagen mich und ich muss mir eingestehen, dass Kowalski mich noch mehr durcheinandergebracht hat, als ich es ohnehin schon war. Die letzten Stunden sind an mir vorbeigezogen wie ein schnell geschnittener Film und haben mir kaum die Gelegenheit gelassen, in Ruhe über die Situation nachzudenken. Kurz vor der Übergabe ist das zwar der denkbar späteste Zeitpunkt, aber ich darf jetzt keinen Fehler machen. Die Dunkelheit der Werkstatt hilft mir dabei, meinen Tunnelblick kurzzeitig auszublenden.

Wie würde ich handeln, wenn ich zur Mafia gehören würde und auf der Jagd nach fünf Millionen Euro wäre? Eine Antwort zu finden, fällt mir so schwer, wie den Gedanken zu akzeptieren, meine Tochter zu verlieren. Fakt ist, dass ein Menschenleben nicht für alle gleich viel wert ist und dass Menschen für weit weniger bereit sind zu töten.

Mir wird klar, dass ich zur Polizei hätte gehen müssen, als noch die Zeit dafür war. Aber dafür ist es jetzt zu spät. Und eigentlich geht es gar nicht um die Fehler, die ich noch machen kann, sondern um die, die ich bereits begangen habe. Denn allein sie haben mich bis hierher geführt. Ich bin nicht mehr als ein Idiot, der sich mit Leuten angelegt hat, die mehrere Nummern zu hoch für ihn sind. Aber jetzt zu kneifen und Mustafa im Stich zu lassen, würde bedeuten, dass ich niemals wieder in den Spiegel sehen kann. Ein Säufer und ein Loser zu sein, ist das eine, aber ein Feigling und ein Verräter, das andere. Kowalskis Pistole wiegt schwer in meiner Hand. Bin ich tatsächlich fähig dazu, jemanden zu töten? Weder mein Herz noch mein Verstand können mir diese Frage beantworten.

Um nicht noch mehr Lärm zu machen, lasse ich den Trolley vorsichtshalber am Eingang der Werkstatt stehen und schleiche mich an mehreren Holzbänken vorbei. Normalerweise ist Chang daran tagsüber zugange und lässt gern sein Werkzeug kreuz und quer auf dem Boden liegen. Aber der sanfte Lichtschein aus dem Büro zehn Meter vor mir verrät, dass er dieses Mal ordentlicher war und aufgeräumt hat. Ich schleiche noch ein paar Meter weiter, denn bevor ich in mein Verderben laufe und das Büro betrete, will ich zumindest wissen, was und vor allem wer auf mich wartet.

Auf den letzten fünf Metern werden aus dem Gemurmel zweier Personen klare und verständliche Worte, die meine Angst in ungeahnte Höhen schnellen lassen. Mustafa verrät ihm, wer ich bin, wie ich heiße. Ich kann es ihm kaum übel nehmen. Stattdessen kauere ich mich an die Vorderseite der letzten Werkbank, die genau vor dem offenen Büro steht und mir einen knappen Blick in den beleuchteten Raum erlaubt.

Ich sehe, wie er dort sitzt. Angelehnt an die Wand neben Uwes Sofa. Sein Auge sieht richtig übel aus. Mein Gewissen meldet sich und legt einen Kloß in meinen Hals, der so groß ist, dass ich daran ersticken könnte. Wo ist Uwe? Ich will mir gar nicht ausmalen, was dieses Monster mit ihm gemacht hat. Mustafa hat ihm gesagt, wo die Personalakten stehen, also muss er am Schreibtisch stehen, denn ich höre, wie jemand in Blättern wühlt. Ich konzentriere mich, aber bis auf Mustafas Schnaufen und das Geraschel aus der Mitte des Raumes höre ich nichts. Ist er wirklich allein? Wie passt das zusammen?

Ich habe die Waffe zwar in der Hand und bin mir sicher, sie entsichert zu haben, was aber wirklich passiert, wenn ich den Abzug betätige, kann ich mir nur vage vorstellen. Mir wird klar, dass ich noch nicht bereit bin, sie zu benutzen.

Plötzlich höre ich wieder seine Stimme. Es ist ohne Zweifel dieselbe wie am Telefon. Er spricht davon, dass ich bereits genug Zeit verschwendet habe und Mustafa im Stich lassen würde. Oh mein Gott. Er will ihn tatsächlich töten!

Ich höre nicht nur, wie der Wichser auf Mustafa zuläuft, ich sehe auch, wie sich sein Schatten auf dem Boden abzeichnet. Er richtet seine Waffe auf ihn. Endlich sieht Mustafa in meine Richtung und erkennt mich, aber es ist zu spät, um gemeinsam einen Plan auszuhecken. Ich stehe ruckartig auf und sehe gerade noch, wie Mustafa nickt, als ich in den Raum stürze und die dunkle Gestalt meines selbst heraufbeschworenen Dämons vor mir stehen sehe. Ich kann ihn vielleicht nicht erschießen, vielmehr hole ich panikartig aus und schlage ihm den Griff der Pistole mit aller Kraft gegen den Hinterkopf. Plötzlich spüre ich, wie sich der Schädelknochen meines Gegenübers in mehrere Bestandteile auflöst und mein Gehör gegen das laute Knallen eines Schusses ankämpft. Mustafa sitzt noch immer mit weit aufgerissenem Auge am Boden, während ich bereits dabei zusehe, wie sich eine Blutlache unter dem Kerl bildet, den ich nicht erschießen wollte. Die Erkenntnis darüber, dass ich ihn dafür erschlagen habe, zwingt mich in die Knie.

Es vergehen stille Sekunden, bis mir klar wird, wie knapp Mustafa mit dem Leben davongekommen ist. Der Schuss hat seinen Kopf nur um Zentimeter verfehlt.

Mustafa sagt noch immer nichts, sieht mich nur eindringlich an. Mir hingegen wird schlecht, als ich Uwes Leichnam am Schreibtisch sitzen sehe und spüre, wie das warme Blut der Leiche vor mir meine Finger berührt, mit denen ich mich am Boden abstütze. Ich huste mir die Lunge aus dem Körper, schaffe es aber, mich nicht zu übergeben.

Selbst als ich bemerke, wie der Leichnam ein paar letzte Zuckungen von sich gibt, beherrsche ich mich.

Mustafa durchbricht als Erster die Stille.

»Was hast du nur angerichtet, Tommy? Mit wem hast du dich angelegt? Die Drogenmafia? Sieh dir Uwe an. Er ist tot! Deinetwegen! Beinahe hätte es mich auch erwischt!«

Ich sehe ihn mir nicht noch einmal an. Er ist tot und Mustafa hat recht. Es ist alles meine Schuld. Tränen laufen mir über die Wange. Wobei ich nicht deuten kann, ob sie aufgrund Uwes Tod aus meinen Augen schießen oder aufgrund der Tatsache, dass ich gerade selbst zum Mörder geworden bin. Wahrscheinlich beides, zusammen mit der Anspannung, die sich gerade schlagartig löst.

»Es tut mir leid! Das wollte ich nicht! Ich habe mir nicht viel bei der ganzen Scheiße gedacht.«

Mustafa steht mittlerweile bei Uwe und schließt ihm die Augen. Vermutlich sein Abschiedsritual.

»Ich sitze hier schon seit zwei Stunden und genauso lange starrt mich Uwe mit diesem irren Blick an. Kannst du dir das vorstellen?«, fragt Mustafa hysterisch.

Ich ertrage keine weiteren Vorwürfe und versuche, abzulenken.

»Siehst du durch die Schwellung noch etwas?«, frage ich betont ruhig. »Du musst ins Krankenhaus.«

»Ins Krankenhaus? Erst mal rufe ich die Polizei, du Idiot!«

Angesichts meines Mordes bringt mich das nicht gerade zum Jubeln, aber er hat ja recht.

»Bitte, Mumu. Beruhige dich. Natürlich rufst du die Polizei. Aber bitte gib mir noch ein paar Minuten zum Nachdenken.«

Ich gehe zur Leiche dieses miesen Drecksacks und versuche, dabei möglichst nicht in das Blut zu steigen. Er hat zum Glück eine schwarze Basecap auf, die den Blick auf seinen zertrümmerten Schädel verbirgt. Nicht dass es etwas ändern würde, aber ich bin dennoch froh, dass mir dieser Anblick erspart wird. Was ich mir jedoch nicht ersparen kann, ist herauszufinden, wer er war. In seiner schwarzen Jeans steckt sein Geldbeutel. Ich kann die Beule gut in seiner Gesäßtasche erkennen. Behutsam ziehe ich ihn heraus und klappe ihn auf.

Nasir Mehdi Al-Saud steht auf seinem Ausweis. Wohnhaft in der Ahornstraße. Nichts, was mich noch verwundert. Bis auf einige große Geldscheine finde ich sonst nur Rechnungen und ein paar Scheckkarten. Falls er kein einfacher Laufbursche war, weiß ich zumindest, dass ich mich vermutlich mit der Familie Al-Saud angelegt habe.

»Und?«, fragt Mustafa. »Bist du jetzt schlauer?«

Bin ich das?

»Nein, nicht wirklich.«

»Hast du denn das Geld, von dem er gesprochen hat?«

Ich überlege. Soll ich Mustafa die Wahrheit sagen? Kurz denke ich daran, dass er mich überwältigt, mit dem Geld flüchtet und die Polizei mich hier festnimmt. Aber es ist Mustafa. Ich traue ihm und habe ihm das Leben gerettet.

»Ja.«

»Wie viel ist es?«

»Mehrere Millionen«, sage ich und bekomme mal wieder einige türkische Flüche als Antwort zu hören.

»Oh Tommy. Du hast echt so verdammte Probleme.«

»Scheiße ja. So weit bin ich auch schon.«

»Die Leiche. Ich werde der Polizei sagen, dass es Notwehr war und er mich erschießen wollte.«

Muss ich ihm dafür danken? Es ist immerhin die Wahrheit.

»Danke.«

»Was tust du jetzt?«

Ich denke nach. Schon wieder. Was mache ich jetzt? Verdammt gute Frage.

»Ich weiß es nicht.«

Und selbst wenn, würde ich es jetzt nicht verraten. Vertrauen hin, Vertrauen her.

»Ich denke, ich werde erst einmal abhauen.«

»Vielleicht solltest du dich besser stellen.«

»Ich habe gerade einen Mord begangen!«

Muss man die Worte erst aussprechen, bevor einem die Tragweite seiner Tat bewusst wird? Ich bin ein Mörder.

Nun werde ich nicht nur von der Mafia gejagt, sondern auch von der Polizei. Was zum Henker habe ich mir nur dabei gedacht?

»Tommy. Er hätte mich erschossen. Genauso wie Uwe. Er war ein kaltblütiger Killer.«

Ich höre ihn und verstehe, was er sagt, und dennoch weiß ich, dass nun alles anders sein wird. Mich stellen? Dann war alles umsonst. Ich verliere meine Tochter und mein freies Leben. Mit Letzterem könnte ich leben. Ich bin bereits so weit gegangen, dass es kein Zurück mehr gibt.

»Mumu, ruf die Polizei und bring dich in Sicherheit. Die sollen dich und deine Familie schützen.«

Ich werfe Nasirs Geldbeutel zurück und laufe zum Trolley, bleibe aber stehen, denn ich kann noch nicht weg. Zu groß ist das Bedürfnis, mich von Mumu zu verabschieden. Er steht wie angewurzelt da und sieht mir nach.

»Es tut mir leid! Pass auf dich auf!«, sage ich knapp.

»Ja Mann, tu einfach das Richtige und bau nicht noch mehr Scheiße!«

Kapitel 9

Brenner

»Tatsache, das ist er«, sagt Brenner zu Arnautovic.

»Nicht wirklich schade«, stellt dieser beim erneuten Blick auf die Leiche fest. »Kaum ist er bei uns aus der Wache heraus, liegt er hier tot am Boden. Vielleicht hätten wir ja doch noch etwas aus ihm heraus bekommen.«

»Nein, hätten wir nicht. Ich hab es noch probiert. Da war nichts zu machen. Aber es hat schon weit Unschuldigere getroffen! Sei's drum«, sagt er, ohne seine Schadenfreude gänzlich zu unterdrücken. »Würde nur dieser widerliche Blutgeruch nicht in der Luft hängen.«

Brenner würgt innerlich. Er hasst den kupferartigen Geruch der roten Flüssigkeit und wird sich in seinen letzten Dienstjahren auch nicht mehr daran gewöhnen können.

Arnautovic hat den Tatort als Erster erreicht und Mustafa bereits einer ersten Befragung unterzogen. Ein kleines Team der Spurensicherung ist kurz danach eingetroffen, fotografiert noch immer den Tatort und sichert einzelne Spuren die von Bedeutung sein könnten.

Brenner sieht sich nun ebenfalls um, kommt aber schnell wieder auf seinen Kollegen zurück, um sich auf den neusten Stand zu bringen.

»Was ist mit dem da hinten?«, fragt Brenner und zeigt auf Uwes Leiche.

»Der Geschäftsführer. Uwe Rudzek. Kopfschuss aus naher Distanz. Es geht wohl um eine hohe Summe, die der flüchtige Kollege von unserem Einäugigen da hinten den Al-Sauds geklaut hat.«

Im vorderen Bereich der Werkstatt wird Mustafas Schwellung versorgt. Brenner mustert ihn eingehend und denkt nach. Irgendetwas an diesem Betrieb kommt ihm komisch vor. Es fühlt sich an wie ein Déjà-vu.

»Ist dir das auch schon aufgefallen?«, fragt Brenner.

Arnautovic ist genervt. Er kann es nicht ausstehen, so früh am Morgen geweckt zu werden, und hat definitiv keine Lust auf Rätsel.

»Nee«, sagt er gereizt. »Ich bin auch erst seit zehn Minuten da. Was ist denn?«

»Der Name. Rudzek. Erinnerst du dich an den Wagen gestern? Der weiße Transporter vor Al-Sauds Wohnung in der Ahornstraße.«

Arnautovic strengt sich an, aber es ist noch nicht einmal fünf Uhr und ohne einen ersten Kaffee ist seine Stimmung denkbar schlecht.

»Mann, spann mich nicht auf die Folter. Ja, da war ein Transporter. Aber ich habe keine Ahnung was für einer.«

»Das war ein Transporter von Trödel Rudzek. Da gehe ich jede Wette ein.«

»Okay. Mag sein«, brummt Arnautovic.

Brenner deutet auf Mustafa.

»Hast du ihn schon vernommen?«

»Nicht wirklich. Wie gesagt. Ich bin auch erst seit zehn Minuten da. Ich habe aber schon vorsichtshalber zwei Kollegen zum Schutz seiner Familie geschickt. Er meinte, sie seien vielleicht in Gefahr.«

Einerseits hasst es Arnautovic, wenn Brenner den Chef heraushängen lässt, aber heute ist es ihm recht. Soll er ruhig die ganze Arbeit machen, bis er endlich an seinen Kaffee kommt, denkt er sich.

Brenner läuft zurück in die Werkstatt und zieht seinen Kollegen mit sich.

»Brenner mein Name. Kriminaloberkommissar«, begrüßt er Mustafa. »Mein Kollege Arnautovic hat sich ja bereits vorgestellt.«

Mustafa reicht dem Beamten die Hand.

»Mustafa Birol. Ich arbeite hier.«

»Haben Sie noch mehr abbekommen als das?«, fragt Brenner und deutet kurz auf sein eigenes Auge.

»Nein.«

»Gut. Dann erzählen Sie mal. Was machen Sie mitten in der Nacht hier und warum hat Ihr Chef ein Loch im Kopf?«

Brenners Pietätlosigkeit sorgt bei Arnautovic für inneres Kopfschütteln. In Brenners Augen sind die Opfer nur Mittel zum Zweck, um einen Fall zu lösen, und oftmals denkt er erst gar nicht daran, das zu verbergen.

Mustafa bemerkt Brenners flapsige Art nicht einmal. Zu tief haben sich die Ereignisse der letzten Stunden in sein Gemüt gefressen.

»Viel zu erzählen gibt es eigentlich nicht. Uwe hat mich angerufen und erzählt, dass wir Hals über Kopf eine Messiwohnung der Stadt ausräumen müssten, weil eine Flüchtlingsfamilie im Anmarsch ist und sonst alles überfüllt sei.«

Mustafa schnauft entnervt.

»Eine Ausrede, um mich herzulocken. Kaum bin ich hier, bekomme ich eins auf mein Auge und sehe Uwe hier liegen.«

»Und Sie haben sich nicht gewundert, dass die Tür aufgebrochen war?«, unterbricht ihn Brenner.

»Ich war total neben der Spur, das habe ich nicht gesehen. Sie war offen und ich bin rein.«

Brenner zuckt mit den Schultern und deutet mit einer Drehbewegung seines Fingers an, dass Mustafa fortfahren soll.

»Also. Der Wichser da zieht mir die Knarre über den Schädel, ich gehe zu Boden und flippe fast aus, weil mein Chef mit einem Kopfschuss am Schreibtisch lehnt. Er sagt, dass ich den Mund halten soll und er das Geld wolle, sonst würde er mich auch noch erschießen. Ich kapiere erst nicht, was er will, weil ich vom Geld nichts weiß, und dann geht das ein Weilchen hin und her, bis ich mir fast in die Hose mache«, sagt er und spricht immer schneller, um endlich alles loszuwerden. »Dann habe ich mich an den Typen erinnert und es stellt sich heraus, dass der Kerl derjenige ist, den ihr gestern in der Ahornstraße abgeführt habt. Er hat in der Wohnung, die wir anschließend ausgeräumt haben, Geld versteckt. Mein Kollege findet es und macht sich aus dem Staub.«

Arnautovic sieht Brenner an und nickt mit dem Kopf.

»Also doch. Du hattest recht. Das war tatsächlich Rudzeks Firma.«

Brenner kann sich sein Grinsen nicht verkneifen.

»Und Sie haben von all dem nichts mitbekommen?«, fragt er und notiert sich ein paar wenige Stichworte auf einem kleinen Notizblock.

»Wie denn? Ich war hier und habe zwischenzeitlich die Möbel abgeladen. Irgendwann ruft mich Tommy an und meint, dass er sich das Kreuz verrenkt hat und zum Arzt geht. Das habe ich ihm abgenommen.«

Mustafa legt eine Pause ein und denkt nach. Mittlerweile kann man seinen Augapfel zwischen dem Spalt seiner abklingenden Schwellung bereits wieder erahnen.

»Na ja. Wie gesagt, der Verrückte bedroht mich mit einer Waffe und bringt mich dazu, Tommy anzurufen. Ich sage ihm, dass er das Geld herbringen muss, weil ich sonst erschossen werde. Da meinte Tommy doch glatt, dass er das Geld nicht mehr habe und es erst besorgen müsse. Ich sitze hier und drehe fast durch, weil ich damit rechne, gleich zu sterben, aber der tote Wichser hier sagt ihm, dass er bis vier Uhr Zeit habe, um das Geld zu besorgen, weil sonst auch Tommys Familie drauf geht.«

Brenner unterbricht Mustafa mit einer barschen Handbewegung und wendet sich Arnautovic zu.

»Haben wir auch Kollegen bei der Familie von diesem Tommy?«

»Natürlich. Habe ich auch schon angeleiert. Hauser heißt er. Hat eine Frau und noch eine Tochter.«

»Sehr gut. Vielleicht taucht er ja auch dort auf und wir kriegen ihn so.« Brenner lächelt triumphierend. »Das war's. Endlich haben wir die Al-Sauds. Okay, Herr Birol, fahren Sie fort.«

»Also, wo war ich? Es ist kurz vor vier. Der Wahnsinnige hat die Schnauze voll, weil er denkt, Tommy kommt nicht mehr. Ich habe ehrlich gesagt auch nicht damit gerechnet. Jedenfalls stellt er sich vor mich, hebt die Knarre und ich schaue nur noch weg«, sagt Mustafa.

Er plappert regelrecht, weil er die Aufregung noch immer nicht verdaut hat.

»Da sehe ich plötzlich, wie sich Tommy aus der Werkstatt an ihn heranschleicht und ihm mit Vollgas eins auf den Schädel gibt. Ich höre 'nen Knall und denke nur: Scheiße, das war es jetzt. Zum Glück hat mich der Schuss knapp verfehlt.«

Mustafa ahmt mit dem Finger einen Schuss nach und zeigt am Kopf vorbei.

»Sie können das Einschussloch in der Wand sehen.«

Brenner nickt verhalten.

»Das ging alles wahnsinnig schnell. Tommy hat so hart zugeschlagen, dass der Typ direkt zusammengeklappt ist. Wenn Sie mich fragen, war es Notwehr.«

Arnautovic blickt zu Brenner und runzelt die Stirn.

»Herr Birol, was Notwehr ist und was nicht, überlassen Sie bitte der Polizei.«

Brenner geht nicht weiter auf seinen Kollegen ein, weil es ihm ganz einfach egal ist, was mit Nasir Al-Saud passiert ist. Er ist tot und das reicht ihm aus.

»Was ist dann passiert?«, fragt Brenner.

»Na ja. Ich hab Tommy rund gemacht. Er war ziemlich fertig. Man hat ihm angesehen, dass er das Ganze so nicht geplant hatte. Als er das Geld genommen hat, wusste er scheinbar nicht, mit wem er sich da anlegt.«

»Ja«, raunt Brenner. »Ein riesiger Haufen Geld. Da liegt der Gedanke natürlich fern, dass es sich um Drogengeld handeln könnte.«

»Was weiß ich. Jedenfalls ging es ihm dreckig. Nach ein paar Minuten ist er dann abgehauen.«

»Hat er gesagt, wohin er geht, oder was er als Nächstes macht?«, fragt Arnautovic, um ebenfalls noch einen Teil zur Befragung beizutragen.

»Nein und ich habe auch nicht die leiseste Ahnung, wo er stecken könnte.«

Brenner notiert sich ein paar weitere Stichwörter und pfeift leise durch die Lippen.

»Gut, dann fängt die Arbeit jetzt wohl an. Herr Birol, vielen Dank erst einmal. Halten Sie sich bereit, wir haben sicher bald noch mehr Fragen an Sie.«

Bevor Mustafa antworten kann, platzen zwei einfach uniformierte Polizisten durch die sperrangelweit offen stehende Werkstatttür und winken Arnautovic zu sich. Brenners Aufmerksamkeit ist geweckt. Der Fall dürfte noch interessanter werden, denkt er und behält damit recht, wie sich sofort herausstellt. Bei dem Team handelt es sich um die Polizisten, die Arnautovic zu Tommys Familie geschickt hat. Beide sind noch nicht lange im Dienst und haben noch jungenhafte Gesichtszüge an sich.

Brenner schmunzelt in sich hinein. Die jungen Männer stehen so stramm vor ihnen, als wären die beiden Offiziere der Bundeswehr. Der Linke von beiden sieht noch eine Spur jünger aus als der Rechte. Nicht einmal die Anzeichen von Bartwuchs sind auszumachen. Er kommt sofort auf den Punkt.

»Herr Oberkommissar, Hausers Familie ist nicht anzutreffen. Der Hausmeister hat uns hereingelassen. Die Wohnung ist verlassen. Wir haben keine Anzeichen eines Kampfes ausmachen können, aber der Hausmeister meinte, dass es ein wenig Geschrei gab, was aber wohl nicht ungewöhnlich ist, wenn Hauser vorbeikommt.«

Brenner stutzt.

»Moment. Wieso nicht ungewöhnlich?«

Der jüngere Polizist sieht seinen Partner an, um ihm zu signalisieren, ebenfalls etwas zu sagen.

»Die Hausers leben wohl mittlerweile getrennt und es kommt oft zu Streitereien.«

Brenners Blick lässt auf Zweifel schließen. Aber mehr als eine vage Ahnung hat er bisher nicht.

»Gut«, sagt Brenner und deutet scherzhaft einen Salut mit seinem Arm an. »Wegtreten!«

Brenner sieht wieder zu seinem Kollegen und denkt, während er spricht, noch über seine Theorie nach.

»Dann heißt das, dass wir davon ausgehen müssen, dass sich Hauser mit seiner Familie und dem Geld abgesetzt hat. Beziehungsweise sich in diesem Moment mit dem Geld absetzt. Wenn wir viel Glück haben, hat er sein Handy noch bei sich und wir können ihn orten.«

Brenner verschränkt die Arme und stützt sein Kinn auf einer seiner Fäuste ab. Dann wendet er sich wieder an seinen Partner.

»Finde du doch bitte seine Nummer heraus und prüfe, ob in der IT schon jemand erreichbar ist. Die sollen herausfinden, ob die Nummer noch am Netz hängt. Ich werde mich solange mal bei Hausers in der Wohnung umsehen. Vielleicht haben die beiden Chorknaben ja doch etwas übersehen.«

»Moment«, reklamiert Arnautovic und zeigt auf Nasirs Leiche in Uwes Büro. »Was ist mit dem da hinten? Ich meine, wer informiert die Angehörigen?«

Brenner schnaubt.

»Die Angehörigen? Du meinst diesen Gangsterclan? Erst mal niemand. Wenn sich herausstellt, dass Hauser auf der Flucht ist, weil er von rachsüchtigen Libanesen gejagt wird, stehen wir blöd da.«

Arnautovic stimmt ihm innerlich zu und ärgert sich, dass er daran nicht bereits selbst gedacht hat.

»Wir halten das erst einmal bedeckt. Zumindest, bis wir wissen, wo Hauser ist. Wenn wir ihn bis morgen Abend nicht haben, können wir die immer noch informieren.«

Am liebsten hätte Arnautovic ebenfalls salutiert. Brenners oberlehrerhafte Art geht ihm heute Morgen mehr auf die Nerven als sonst. Da kann er ein noch so guter Polizist sein.

»Gut«, sagt er. Ich kläre das mit den Nerds. Sieh du dich in der Wohnung um. Ich melde mich dann, sobald ich etwas Neues weiß.«

Kapitel 10

Es wird kompliziert

Viel Zeit ist nicht vergangen und doch liegen die Geschehnisse der Werkstatt so weit zurück, dass der dunkle Schleier meiner Gedanken die schrecklichen Details bereits verhüllt. Nur ein Detail ist so frisch wie die Morgenluft. Dieses furchtbare Gefühl, als der Schädelknochen nachgab und ich zum Mörder wurde. Fern ab jeglicher Realität stehe ich auf dem Parkplatz eines Burger Kings und betrachte den morgendlichen Himmel.

Es gab tatsächlich Zeiten, da habe ich mir ihn gern angesehen. Zeiten mit unbelasteten Erinnerungen. Als Erster auf der Arbeit sein, in Ruhe einen Kaffee trinken und die frühen Sonnenstrahlen begrüßen, bis der Stress ausbricht und die Hektik des Tages beginnt. Irgendwann wuchs dann die Angst, dass der frühe Morgen endet, weil das Arbeitspensum kaum zu schaffen war. Nur wenig später war die Angst, überhaupt auf die Arbeit zu gehen, dann so groß, dass mein Körper nicht mehr imstande war, der Belastung standzuhalten. Im Nachhinein wird mir klar, dass diese Angst ein von mir selbst verschuldetes Konstrukt war. Ich war nicht fähig, Grenzen zu setzen und Nein zu sagen. Ich war ein Opfer meines eigenen Anspruchs.

Nun sehe ich mir denselben morgendlichen Himmel an. Diesmal mit den Augen eines Mörders. Und wieder habe ich Angst. Aber nicht um mich, sondern um meine Marie. Sie werden sich rächen. Da bin ich mir so sicher, wie das

Amen in der Kirche gesprochen wird. Wieso konnte dieser Nasir nicht einfach das Geld nehmen und Uwe und Mustafa in Ruhe lassen? Ich könnte versuchen, meinen Sonnenschein zu holen, aber vermutlich würde nur die Polizei im Penthouse auf mich warten. Und falls nicht, würde ich sie auf unserer Flucht nur weiteren Gefahren aussetzen. Wie naiv ich doch war.

Der Cheeseburger auf dem Beifahrersitz verströmt einen unnachahmlich leckeren Duft, wie ihn nur Unmengen an Geschmacksverstärkern von sich geben können. Als wäre nichts gewesen, stopfe ich zuerst Pommes in meinen Magen. Er giert nach Nahrung, völlig gleichgültig demgegenüber, was passiert ist und noch passieren kann. Er schert sich nicht darum, was um ihn herum passiert. Ich beneide ihn. Es dauert nicht lang und ich kann spüren, wie mein Körper wieder einigermaßen zu Kräften kommt. Die werde ich brauchen, um endlich eine Entscheidung treffen zu können. Aber letzten Endes ist es eigentlich bereits entschieden. Ich muss mich stellen, um meine Familie zu schützen. Ein letztes Mal starre ich auf den dunkelgrauen Reisetrolley und die darin steckenden Geldbündel. Ich stelle mir vor, wie ich mit Marie auf der Terrasse meiner Finca sitze, ein Bier trinke und den Duft der auf dem Grill brutzelnden Steaks einsauge. Alles nur eine schöne Vorstellung. Ich packe meine Essensreste in die braune Fast-Food-Tüte und schließe den Trolley.

Der Motor von Kowalskis Wagen gibt beim Starten ein leises Säuseln von sich und vermag damit nicht einmal das elektrische Brummen der Handbremse zu übertönen. Dafür vibriert die Fahrertüre. Es hört sich allerdings eher nach einem stumm geschalteten Handy an. Ich ziehe neugierig einen Eiskratzer aus der Ablage, ein Pack Kondome, Taschentücher und endlich auch das passende Handy zum nervtötenden Summton.

»Novak« steht dick und fett auf dem Display. Ich denke erst gar nicht daran, abzunehmen. Es muss Kowalskis Handy sein und mit ziemlicher Sicherheit weiß Novak mittlerweile auch, dass ich mit seinem Wagen unterwegs bin. Als hätte ich nicht größere Probleme, als mich mit den Polen wegen ihrer E-Klasse zu streiten. Sie werden es überleben. Immerhin ist kein einziger Kratzer am Wagen. Ich werfe das Handy auf den Beifahrersitz und steuere den Wagen aus dem Parkplatz. Wie zu erwarten war, dauert es nicht lange und es vibriert wieder. Ich ignoriere es. Im Ignorieren habe ich Übung, sonst hätte meine Ehe mit Silke nicht so lange Bestand gehabt. Plötzlich werden aus einem konstanten Vibrieren kurze Impulse. Er ist dazu übergegangen, Nachrichten zu schreiben, und ich kann mich nicht zurückhalten und schaue doch wieder auf das Display.

»NIMM AB, HAUSER!«

»Wir haben etwas, das dich interessieren dürfte.«

Ich hoffe, er meint damit nur meinen Ausweis, aber meine Glückssträhne hat schon lange ein Ende. Wieder vibriert das Ding und ich nehme den Anruf an.

»Hauser!«

»Ja.

Wie schön, dass du doch noch an das Telefon gehst.«

»Um was geht es?«

»Lass mich dir zuerst eine Geschichte erzählen.«

Na toll. Märchenstunde. Ich bremse ab und parke den Wagen vorsichtshalber unauffällig in einer großen seitlichen Parkbucht. Wenn mich die Polizei bekommt, bevor ich mich stellen kann, wird das nicht gerade ein Vorteil für mich sein.

»Gut. Welche Geschichte?«

»Es ist die Geschichte eines unendlich großen Vollidioten, der sich mit den falschen Leuten anlegt.«

»Na danke. Vielleicht sollte ich dir meine Geschichte besser selbst erzählen?«

Novak schnauft. Er hat sichtlich Spaß dabei, mich auf den Arm zu nehmen. Dennoch klingt seine Stimme ernst und irgendwie bedrohlich.

»Ich erzähle dir meine Version der Geschichte. Vorher stelle ich mich aber noch einmal etwas genauer vor. Du wirst es sicher schon wissen. Ich sage es dir trotzdem noch einmal. Wir bezeichnen unsere Einheit als 5000-Volt-Klub. Was du aber vermutlich nicht weißt, ist, wieso das so ist.«

Es lohnt sich nicht, ihn zu unterbrechen, also lasse ich ihn seine Elektroschockergeschichte erzählen.

»Wir sind alle aus Pruszków. Gebürtige Polen und seit Jahr und Tag Mitglieder der Pruszków-Gang. Eines Tages, vor ziemlich genau fünf Jahren, hat die polnische Polizei einen kleinen Teil der Pruszków-Gang ausgehebelt. Uns.«

Novak pausiert. Es scheint, als würde er nachdenken.

»Sie sperrten uns in ein geheimes Gefängnis. Eine Art polnisches Guantanamo, wenn du so willst. Sie haben sich wohl erhofft, dass wir unsere Organisation verraten. Um das zu bewerkstelligen, haben sie uns mit Elektroschocks gefoltert. Tagelang. So heftig, dass es die Verkabelung nicht mitgemacht hat und die Bude schließlich abgebrannt ist. Lange Rede, kurzer Sinn. Wir konnten uns befreien und haben als Dank für unser Stillschweigen den Auftrag bekommen, unser Geschäft nach Frankfurt auszuweiten. Da, wo das dicke Geld sitzt. Nirgends wird mehr geschnupft als hier. Und jetzt kommst du.«

Obwohl ich ihm zugehört habe, verstehe ich nichts. Und so langsam geht mir dieser ganze Scheiß so richtig auf den Sack.

»Verdammt, Novak. Was zur Hölle willst du?«

»Moment. Lass es mich erklären«, brummt Novak feindselig.

»Kowalski erzählte mir, dass du einen Koffer voll Geld hast. Ich denke mir, fein, dann lass uns die Kohle holen. Dann erzählt er mir, dass du Ärger mit jemandem hast. Wegen des Geldes. Ich fange an zu rechnen. In eine Tasche passt so viel Geld, dass da eigentlich nur eine Familie infrage kommt. Die Al-Sauds.«

Mein Interesse ist geweckt. Worauf will er nur hinaus? Er deutet mein Schweigen scheinbar als Zustimmung.

»Dachte ich mir. Die Geschichte geht noch weiter. Vor ein paar Tagen schickt uns Abdullah Al-Saud, das Familienoberhaupt, ein Zeichen. Er will uns sagen, dass wir uns aus seinem Geschäft heraushalten sollen.«

»Ein Zeichen?«

Ich bin mir nicht sicher, ob ich es wirklich wissen will.

»Ja. Dieser Hurensohn hat einen meiner Männer in seinem Garten eingegraben und ihn mit seinem Rasenmäher enthauptet.«

Novaks in Hass getränkte Stimme bringt förmlich die Luft im Wagen zum Vibrieren. Die Al-Sauds also. Nasir Al-Saud. Ich Glückspilz. Der Gedanke, freiwillig in den Knast zu wandern, wird immer attraktiver.

»Dieses miese Dreckschwein muss sterben, Hauser. Er muss für das, was er getan hat, bluten. Ich scheiße auf sein Zeichen. In Stücke werde ich ihn reißen. Du siehst, wir haben denselben Feind. Ich habe nur ein einziges Problem.«

Novak macht eine Pause, weil er unbedingt will, dass ich ihn frage, um was es geht. Ich tue ihm den Gefallen.

»Welches?«

»Wir kommen an diesen libanesischen Bastard nicht heran. Er ist zu vorsichtig.«

Ich muss unweigerlich lachen. Mehr über mich und mein Leben als über Novak.

»Und was erwartest du jetzt von mir? Irgendwelche Tipps?«

»Sei vorsichtig, Hauser. Nur weil wir lieber Schädel einschlagen, anstatt Kugeln zu verteilen, heißt das nicht, dass du anschließend nicht tot bist.«

Ich schnaufe. Am besten lege ich einfach auf und fahre zur Polizei. Ich bin so unfassbar müde und will einfach nur, dass der ganze Horror endlich ein Ende hat.

»Hier ist übrigens jemand für dich.«

Ich höre, wie Novak das Handy weiterreicht und eine bekannte Stimme aus dem Lautsprecher dringt. Das kann nicht sein!

»Papa? Hier sind ganz viele Männer. Was wollen die von uns?«

Mein Ohr fängt an zu pfeifen, denn mir schießt pure Hitze in den Kopf. Ich kann nicht mehr an mich halten und schreie.

»NOVAK! DU SCHWEIN!«

»Ruhig, Hauser. Du solltest froh sein, dass wir sie haben und nicht die Al-Sauds. Sie leben also immerhin. Zumindest noch. Das hängt nun ganz von dir ab.«

Das bisherige Maß an Verzweiflung war nichts gegen den Gedanken, dass meiner Kleinen etwas passieren könnte. Wie eine Schwangere vor der Geburt atme ich dreimal tief durch und versuche mal wieder, einen klaren Gedanken zu greifen.

»Was willst du, Novak? Was zum Teufel willst du?«

»Du, Hauser. Du bist meine Taktik. Du wirst mir helfen, diesen Hurensohn zu bestrafen.«

So ein Wahnsinniger.

»Und wie soll das funktionieren?«

»Das Geld. Du machst ein Treffen aus und bestehst darauf, das Geld persönlich an Abdullah zurückzugeben und dich zu entschuldigen.«

Ich schnaufe. Was für ein scheiß Plan.

»Die bringen mich sofort um«, sage ich perplex. »Außerdem sind die nicht blöd. Der kommt doch nie selbst zu dem Treffen.«

Ich rede zu schnell, aber meine Aufregung lässt sich nicht kontrollieren.

»Du bestehst auf sein Ehrenwort als Familienoberhaupt, dass sie dich leben lassen. Glaub mir, das funktioniert bei denen. Natürlich werden sie dich anschließend umbringen. Zumindest dann, wenn du es nicht schaffst, sie vorher zu erledigen.«

Das ist doch alles nur ein schlechter Scherz. Was für ein irrer Bullshit.

»Du bist komplett durchgeknallt, oder? Sehe ich vielleicht aus wie Vin Diesel?«

»Entspann dich!«, knurrt Novak.

»Das will mir aktuell nicht ganz gelingen, weil meine Tochter von einem Irren gekidnappt worden ist.«

»Und deine Frau.«

Silke also auch. Sein Plan mag ja für ihn Sinn ergeben, aber die aktuellen Ereignisse hat er noch nicht berücksichtigt.

»Die werden mich nie treffen. Irgendwann bekomme ich einfach Besuch und einer von denen schießt mir in den Hinterkopf.«

»Was bringt dich zu dieser Annahme?«, brummt Novak in den Hörer.

»Ich habe einen von denen getötet. Vor knapp zwei Stunden.«

Stille.

»Du hast recht. Das ändert wirklich alles für dich!«

Wieder Stille. Das Gefühl, zu einer Marionette degradiert zu werden, ist unerträglich. Novak lacht, als hätte er einen guten Witz gehört. Dieser Schweinehund.

»Ich zähle dir jetzt deine Möglichkeiten auf. Hör mir gut zu. Möglichkeit eins: Du haust mit dem Geld ab. Dann stirbt deine Familie und du bekommst tatsächlich irgendwann unerwünschten Besuch. Keine Variante, die ich dir empfehlen könnte. Möglichkeit zwei: Du stellst dich der Polizei, was angesichts deines kürzlichen Missgeschickes ebenfalls nicht empfehlenswert wäre. Zudem töten wir deine Familie. Vielleicht lassen wir sie aber auch frei und die

Sauds erledigen das für uns. Möglichkeit drei: mein Favorit und die klare Empfehlung. Wir erledigen die Sauds gemeinsam. Du behältst das Geld, zumindest den größten Teil davon, und bekommst deine Familie zurück. Dann kannst du dir ein schönes Leben machen und musst nicht jedes Mal, wenn du dein Haus verlässt, im Blick haben, was hinter deinem Rücken passiert. Das ist für alle eine Win-win-Situation. Die Sauds brechen auseinander und für uns ist der Weg frei.«

Gibt es eine vierte Möglichkeit? Die Polizei informieren, die dann meine Familie befreit und mich endlich wegsperrt? Ich kann diesen polnischen Dreckskerl einfach nicht einschätzen. Wie gefährlich ist er? Die Al-Sauds habe ich schon unterschätzt, weil ich nicht wusste, wer sie sind. Diese Leute sind ein gänzlich anderer Teil der Gesellschaft. Ihre Regeln haben mit den meinigen nichts zu tun. Alles, was uns vielleicht verbindet, ist ein Mord. Und der war noch nicht einmal absichtlich. Ich muss sie ernst nehmen und davon ausgehen, dass ihre Drohungen keine heiße Luft sind. Mit einem Vater wie mir ist das Leben meiner Marie schon versaut. Ich sollte zumindest noch versuchen, es zu retten.

»Du hast gerade davon gesprochen, dass wir die Sauds gemeinsam erledigen. Wie kann ich mir das vorstellen?«

»Sehr gut. Möglichkeit drei also.«

»Nein, noch keine Möglichkeit. Ich will nur wissen, wie du es anstellen willst.«

»Ganz einfach. Wir jagen sie in die Luft. Wir müssen sichergehen, dass es ihn erwischt. Eine Kugel kann seinen Kopf verfehlen und für alles andere kommen wir nicht nah genug an ihn heran.«

»Ihn in die Luft jagen?«, frage ich ungläubig.

»Hör auf, dich anzustellen wie ein kleines Mädchen. Ein kleiner Sprengsatz ist schnell gemacht. Das ist keine Zauberei. Kannst du dir selbst bei Youtube ansehen, wenn du es genau wissen willst. Und was deine Bedenken wegen deines Typen angeht, den du umgelegt hast. Umso besser. Wenn der Kerl Teil der Familie war, wird Abdullah dich ganz höchst persönlich erledigen wollen.«

Meine Freude kennt keine Grenzen. Vor zwei Tagen war ich einfach nur ein erbärmlicher Loser. Jetzt bin ich ein Dieb. Ein Verräter. Ein Mörder und schon bald eine Leiche. Eigentlich müsste ich in Panik verfallen, in Tränen ausbrechen oder den Drang verspüren wegzulaufen, aber alles, was ich fühle, ist Taubheit. Ich gebe mich meinem Schicksal hin wie eine Nutte ihrem Freier. Tue ich das, weil es der einfachste Weg ist? Oder weil ich alles so verbockt habe, dass es jetzt sowieso egal ist, was am Ende mit mir passiert? Ich weiß es nicht. Das Einzige, das gerade noch zählt, ist mein Mädchen. Und für sie werde ich das durchziehen.

»Ich mach es«, sage ich zu Novak.

»Gut, Hauser. Scheinbar hast du doch Eier.«

»Ich will vorher noch mit meiner Tochter reden.«

»Das ein oder andere haben wir zuerst noch selbst zu besprechen. Ich sage dir, wie es läuft. Hast du dein Handy noch?«

»Mein eigenes? Ja.«

»Du Idiot. Mach es aus und nimm den Akku heraus oder wirf es weg. Die Polizei kann orten, an welchem Funkmast deine Nummer zuletzt ans Netz gegangen ist.«

Ja. Da hat er wohl recht. Das muss ich, nachdem ich einem Typen den Schädel eingeschlagen und meinen Chef mit einem Loch im Kopf aufgefunden habe, wohl ganz einfach vergessen haben. Vielleicht bin ich ja nach meinem Attentat abgebrüht genug, um an so etwas zu denken. Ich klemme mir Kowalskis Smartphone zwischen Hals und Schulter und nehme den Akku aus meinem eigenen Telefon.

»Ruf in fünf Minuten noch mal an«, sage ich zu Novak und fahre aus dem weitläufigen Industriegebiet heraus. Nach ein paar Kilometern parke ich in einem Wohngebiet und schalte vorsichtshalber das Licht des Wagens aus. Draußen ist es noch immer ein wenig dämmrig und sofern mich die Polizei hier suchen sollte, ziehe ich nicht noch mehr Aufmerksamkeit auf mich. Ein paar Sekunden später vibriert das Smartphone wieder. Ich nehme ab.

»Bist du dein Handy losgeworden?«

»Ja.«

»Gut. Bleib, wo du bist. Wir holen dich dort ab.«

»Woher …«

Bevor ich fragen kann, woher sie wissen, wo ich bin, legt Novak auf. Als sich das Handy von allein sperrt, wird mir aber auch sofort klar, wie sie es anstellen. Sie haben den Remote-Zugriff des Handys aktiviert. Ich pfeffere das Ding auf die Beifahrerseite, sinke in den Sitz zurück und schalte mein Hirn ab. Teilnahmslos blicke ich minutenlang aus dem Fenster. Draußen wachen die Vögel auf und beginnen mit ihrem Morgenkonzert. Menschen fahren auf die Arbeit. Die Welt funktioniert, als wäre nichts passiert, und doch ist nichts mehr so, wie es einmal war. Zumindest für meine Familie und mich.

Kapitel 11

Telefonate

Ahmed reicht seinem Vater den Hörer. Beide stehen im nobel eingerichteten Büro Abdullahs und tauschen skeptische Blicke aus. Ahmed hält den Hörer mit seiner Hand zu.

»Wir müssen aufpassen, Vater. Vielleicht die Polizei. Nasir hat sich bisher noch nicht gemeldet.«

Abdullah nickt langsam und greift nach dem schnurlosen Telefon, das er sofort auf laut stellt.

»Was bringt Sie denn zu der Annahme, dass es sich um unser Eigentum handelt?«, fragt der Alte.

Der Mann am anderen Ende der Leitung antwortet nicht sofort.

»Jeder in der Ahornstraße weiß, wem so viel Geld gehören muss.«

Abdullahs Augen verengen sich. Er ist äußerst darauf bedacht, nicht zuzugeben, dass es sein Geld ist, denn er kann sich nicht sicher sein, dass nicht die Polizei ihre Finger im Spiel hat.

»Und dennoch haben Sie es an sich genommen.«

»Es war ein Fehler«, antwortet Tommy. »Ein sehr großer Fehler. Ich möchte es zurückgeben und mich gern persönlich dafür entschuldigen.«

Abdullah mustert seinen Sohn und schüttelt ungläubig den Kopf. Ahmed schlitzt sich mit dem Zeigefinger symbolisch den Hals auf und sorgt mit der Geste bei seinem Vater für ein boshaftes Lächeln.

»Und Sie denken, dass es so einfach ist? Was wollen Sie als Gegenleistung?«

»Nichts«, antwortet Tommy. »Nur mein Leben und Ihr Versprechen, dass Sie mich in Frieden lassen.«

Abdullah hält den Hörer zu.

»Er geht davon aus, dass wir wissen, wer er ist. Das muss eine Falle sein.«

»Keine Ahnung, Vater. Aber Nasir hat davon gesprochen, dass ein Mitarbeiter irgendeines Trödelladens das Geld gefunden hat.«

»Irgendein scheiß Trödelladen? Und das sagst du mir erst jetzt? Was ist los mit dir? Dein inkompetenter Sohn färbt wohl auf dich ab, oder ist es vielleicht sogar anders herum?«

Abdullah nimmt die Hand vom Hörer.

»Wer sind Sie und wie heißen Sie?«

Nun ist es Tommy, der verwirrt ist. Wissen sie tatsächlich nicht, wer er ist, fragt er sich. Das würde bedeuten, dass Nasir auf eigene Faust gehandelt hat und sie vermutlich auch noch nichts von seinem Tod wissen. Kann das sein? Novak, der neben ihm steht und genauso mithört wie Ahmed, droht ihm, er solle sich zu erkennen geben. Sie wurden es ja sowieso herausfinden. Am liebsten jedoch hätte Tommy aufgelegt und wäre schreiend davongerannt.

»Ich arbeite bei einem Betrieb für Haushaltsauflösungen.«

Thomas schluckt. Zwar ist er bisher davon ausgegangen, dass sie bereits wissen, wer er ist, aber nun würde er sich praktisch selbst ans Messer liefern.

»Mein Name«, Tommy atmet tief ein und sieht in die schmal zusammengekniffenen Augen Novaks, »ist Thomas Hauser.«

Abdullah schirmt wieder das Telefon ab und wendet sich Ahmed zu.

»Was hat dein nichtsnutziger Sohn noch gesagt? Ist er das?«

Ahmed legt einen verärgerten Gesichtsausdruck auf. Offenbar hat es sein Sohn bisher nicht geschafft, das Geld zu besorgen. Seine Deadline läuft in einer Stunde ab, denkt er und der Finder des Geldes stellt sich gerade von selbst. Ahmed nimmt es seinem Vater übel, dass er seinen Sohn beleidigt und damit auch ihn, dennoch muss er sich gerade eingestehen, dass Nasir tatsächlich ein Taugenichts ist.

»Ich weiß es nicht«, antwortet Ahmed. »Ich erinnere mich nur an den Namen des Ladens. Trödel Rudzek.«

»Egal«, knurrt Abdullah. »Das muss er sein. Wozu habe ich überhaupt eine Familie, wenn ich doch alles selbst machen muss? Verdammte Scheiße!«

Abdullah tritt aus Wut gegen den Schreibtisch, vor dem sie stehen und wartet ein paar Sekunden, um sich zu beruhigen, bevor er wieder in das Telefon spricht.

»Wie heißt ihr Betrieb?«, fragt er knapp.

Tommy stutzt. Was sollen diese Fragen? Sie wissen wirklich gar nichts. Macht er einen Fehler? Thomas zögert, bis Novak seine Waffe zieht und sie ihm an die Schläfe hält. Tommy kann nicht anders. Er hält den Hörer zu und macht seinem Ärger Luft.

»Fick dich, Novak!«, zischt er ungehalten.

Ob er jetzt durch die Hand des Polen stirbt oder später durch die Libanesen ist ihm mittlerweile fast egal.

»Trödel Rudzek«, antwortet Tommy und stellt Abdullah damit offensichtlich zufrieden.

Der Alte überlegt. Dann fällt ihm endlich der passende Ort für die Übergabe ein.

»Fünf Uhr heute Nachmittag. Viehweideweg. Erste Einfahrt. Das ist ein Waldstück. Kommen Sie allein. Sollte etwas Unvorhersehbares passieren, finden wir Sie.«

Thomas hat sich mittlerweile an Drohungen gewöhnt und ignoriert sie einfach. Novak nickt zufrieden, also willigt Tommy ein.

»Verstanden. Ich gebe Ihnen das Geld aber nur persönlich. Habe ich Ihr Wort, dass Sie mich in Frieden lassen, sobald Sie es wieder haben?«

Abdullah zögert keine Sekunde mit seiner Antwort.

»Natürlich. Ich werde Ihnen später die Hand darauf geben«, sagt er und legt auf.

***

Abdullah ist außer sich. Er schlägt Ahmed so lange das Mobilteil des Telefons gegen den Kopf, bis das Gehäuse bricht und Ahmed eine kleine Platzwunde am Kopf hat.

»Bitte Vater!«, fleht Ahmed, der die Demütigung so ruhig über sich ergehen lässt, wie es ihm möglich ist.

»Bitte! Bitte!«, schreit Abdullah. »Wirst du jetzt heulen? Was seid ihr nur für ein unnützes Pack! Wegen euch muss ich mich jetzt um so einen Kleinkram kümmern! Wo steckt dein verdammter Sohn?«

Abdullah kann sich kaum noch beruhigen und redet sich immer weiter in Rage.

»Wenn ich ihn in die Finger bekomme, wird er spüren, was es heißt, zu versagen. Ich dulde das nicht in meiner Familie. Wir sind keine Versager!«

Ahmed sagt nichts. Stattdessen steht er ruhig im Büro und sieht auf den Boden. Innerlich kocht er jedoch. Sein Vater ist ungerecht zu ihm, denn er hat fast ebenso viel Arbeit in das Unternehmen investiert wie Abdullah. Er ist es, der die ganzen kleinen Aufträge abwickelt und sich um das operative Geschäft kümmert. Weder Abdullah noch sein Cousin sind dafür verantwortlich. Er ist es. Und Nasir hat nur einen einzigen Fehler gemacht. Vermutlich ist er deshalb schon längst auf der Flucht. So wie er es ihm geraten hat. Ahmed fällt es schwer sich zu beherrschen. Vor allem die Tatsache, dass er seinen Sohn so schnell nicht wiedersehen würde, geht ihm an die Nieren.

»Entschuldige, Vater«, beginnt Ahmed gereizt. »Lass mich zur Übergabe fahren. Ich erledige das. Du musst dich damit nicht aufhalten.«

Abdullah steigt erneut die Zornesröte ins Gesicht.

»Damit wieder etwas schiefgeht? Oh nein, Sohn. Ich werde diese Wanze zerquetschen. Ich schneide ihm persönlich die Hände ab und schicke sie seiner Familie. So wie man es mit Dieben macht.«

Ahmed weiß, dass das keine leere Drohung ist. Er kennt niemanden, der so brutal ist wie sein Vater. Auch er ist nicht zimperlich und hat schon einige Leben auf dem Gewissen, aber gegen seinen Vater ist er ein wahrer Waisenknabe. Abdullah hatte schon immer Freude daran, seine Opfer zu quälen. Er ist ein Sadist.

***

»Gut gemacht, Hauser«, knurrt Novak. »Aber ficken werde ich mich nicht.«

Ich sehe gerade noch, wie er mit seiner riesigen Faust ausholt. Er verpasst mir einen gezielten Haken direkt an die

Leber. Ich spüre, wie sich das Organ bei der Kollision mit Novaks Faust ruckartig zusammenzieht und einen so irren Schmerz dabei entfaltet, dass er mich sofort in die Knie zwingt. Ich kann nichts gegen die Reaktion meines Körpers tun. Ich keuche und merke, wie meine Augen feucht werden. Es dauert ein paar Sekunden, bis die Wirkung des Schlags endlich wieder nachlässt. Novak steht noch immer direkt vor mir und sieht auf mich herab. Ich fühle mich nicht gedemütigt, eher ungeduldig. Er soll endlich sagen, was er zu sagen hat.

»Verwechsle unsere Freundlichkeit nicht mit Schwäche«, sagt er dann endlich und verfällt plötzlich in einen ausgeprägten polnischen Akzent. »Nur weil bisher noch alles gesittet abläuft, heißt das nicht, dass wir nicht auch anders können. Ich bin nicht der Teufel, aber sofort bereit zu tun, was auch immer notwendig sein wird.«

Mein Körper gehorcht mir endlich wieder. Ich stehe auf und nicke teilnahmslos.

»Der wusste noch von nichts. Ich habe mich gerade wieder selber in die Scheiße geritten.«

»Hör auf zu jammern. Natürlich hast du dich selbst reingeritten.« Novak zuckt mit seinen breiten Schultern. »Der Typ, den du umgebracht hast. Nasir. Das war der Enkel von Abdullah. Ich nehme an, er wollte seinem Großvater etwas beweisen, indem er das Geld allein beschafft. Deshalb wussten die noch von nichts. Aber du kannst dir denken, was passiert, wenn sie es herausfinden. Die töten dich nicht nur, die drehen dich durch den Fleischwolf. Und vorher kümmern die sich um deine Familie. Das sind Monster.«

Das habe ich mir mittlerweile auch schon gedacht.

»Und ihr seid es nicht?«, frage ich provokant.

»Nein. Wir sind nur Verbrecher«, lacht Novak und wird sofort wieder ernst. »Glaub mir, es macht einen großen Unterschied, ob man einfach nur eine Kugel in den Kopf bekommt oder zum Spielzeug des Teufels wird.«

Mittlerweile habe ich zwar einen Zustand erreicht, in dem es mir nahezu egal ist, was mit mir passiert, aber Novaks Worte beschwören nun doch wieder das Gefühl der Angst. Ich darf auf keinen Fall zulassen, dass Marie in die Hände der Libanesen gelangt. Ich atme tief durch und blicke durch die Oberfenster der großen Souterrainwohnung. Den Polen gehört ein ganzer Wohnblock in einer heruntergekommenen Gegend und diese Wohnung dient ihnen als Zentrale. Die meisten anderen Wohnungen stehen scheinbar leer oder Mitglieder des Klubs wohnen darin. Genau konnte ich es auf dem Weg hier nicht deuten. Marie und Silke befinden sich in einem Kellerraum und warten sicherlich darauf, dass ihnen endlich jemand erklärt, was vor sich geht. Diese verdammte Ungewissheit bringt mich aber ebenfalls um den Verstand. Ich muss endlich wissen, wie es ablaufen wird.

»Nun, wie stelle ich es an?«, frage ich ungeduldig.

Novak antwortet nicht, sondern dreht sich zu Kowalski und ruft ihm etwas auf Polnisch zu. Er läuft aus dem Raum, kommt aber nur wenige Sekunden später mit einem großen

Alukoffer wieder, den er auf einen schäbigen Holztisch legt. Novak stellt sich wortlos daneben und tätschelt ihn behutsam mit seiner Hand. Ich weiß, was in dem Koffer ist. Er sieht so klischeehaft nach Geldkoffer aus, dass ich mit ihm niemals durch die Gegend laufen würde.

»Das hier ist deine Fahrkarte in die Freiheit«, sagt Novak bewusst ausdrucksstark und mit einem süffisanten Grinsen. Dieser Wichser nimmt mich doch auf den Arm. Ich kann nicht fassen, wie sehr er mich wie einen Idioten behandelt.

»Hör doch endlich auf, mich zu verarschen!«, schreie ich. »Wir wissen beide, dass ich ein Sprengstoffattentat kaum überleben kann. Ich mache das für meine Familie. Weder für mich noch für euch!«

Novak hebt entschuldigend die Hände.

»Lass mich doch aussprechen. Je nachdem, wie dämlich du dich anstellst, hast du recht. Wenn du mir genau zuhörst, kommst du mit dem Leben davon. Das verspreche ich dir.«

Ich höre ihm genau zu, glaube ihm aber kein Wort. Wieder klopft er auf den Koffer. Kowalski gibt ihm einen kleinen Kasten, der aussieht wie der Öffner eines Garagentores. Als Novak die beiden kleinen Hebel der Zahlenschlösser zur Seite zieht, höre ich, wie die Haken blitzartig aufschnappen. Der Deckel des Koffers gleitet auf und offenbart seinen Inhalt. Er ist voller Geld. Ein Anblick, der mir nur noch ein müdes Lächeln abringt.

»In dem Koffer sind zwei Millionen. Nur für den Fall, dass die Sauds doch hineinsehen werden.«

Ich trete ein paar Schritte an das Ding heran und sehe Novak dabei zu, wie er einige Bündel der beiden Lagen zur Seite nimmt.

»Hier drunter befindet sich der Sprengsatz«, sagt Novak und klopft dabei sanft auf den schwarz gepolsterten Boden.

»Fünfhundert Gramm Plastiksprengstoff«, sagt er nicht ohne Stolz.

Mein Magen dreht sich wieder um und ich möchte kotzen.

»Ist das viel?«, frage ich.

Novak nickt.

»Hundert Gramm PETN sprengen ein Loch von einem halben Meter in den Boden.«

Ich habe es mit Wahnsinnigen zu tun. Zum gefühlt tausendsten Mal gehe ich meine Alternativen durch. Kalter Schweiß rinnt mir dabei von der Stirn.

Ich haue ab und meine Tochter stirbt.

Ich stelle mich der Polizei und meine Marie stirbt.

Ich begehe Selbstmord und mein Sonnenschein stirbt ebenfalls.

Novak mustert mich interessiert.

»Reiß dich zusammen!«, sagt er.

Ich reiße mich zusammen, aber meine Knie werden trotzdem so weich, dass ich mich am Tisch abstützen muss. Es fühlt sich an, als würde sich mein Kreislauf gleich komplett verabschieden. Plötzlich spüre ich, wie mir die Spucke im Mund zusammenläuft. Ich sehe mich hektisch um, weil ich das Gefühl gut genug kenne, um zu wissen, was folgt, finde aber nur den leeren Trolley, in dem das Geld gesteckt hat. Ich springe ruckartig hinter den Tisch und erschrecke Kowalski mit meiner Aktion. Er zieht seine Waffe, drückt aber zu meinem Unglück nicht ab. Dafür kotze ich den fast verdauten Burger mitsamt Pommes in den Koffer. Nachdem auch der letzte Bissen im Trolley verschwindet, setze ich mich auf den Boden und wische mir den Mund mit meinem Ärmel ab.

Novak und Kowalski sind die Einzigen im Raum und zum ersten Mal sind sie so still, wie ich es in ein paar Stunden vermutlich ebenfalls sein werde. Aber nicht, weil ich nur den Mund halte.

»Junge, ich weiß, dass es schwer ist, aber du musst die Ruhe bewahren!«, sagt Novak eindringlich. »Wenn du Scheiße baust, sind wir alle dran. Alles, was du zu tun hast, ist, mit deinem Wagen neben dem der Libanesen zu parken. Bestenfalls zeigt deine Fahrertür in Richtung Wald. Wenn du dir sicher bist, dass Abdullah im Wagen sitzt, vielleicht steht er sogar wartend davor, steigst du aus, rennst etwa vier bis fünf Meter zum Wald und drückst auf den Auslöser. In einem Radius von etwa sechs bis sieben Metern wird alles ausradiert.«

Novak formt mit beiden Händen eine Explosion. »Glaub mir. Das ist gut zu schaffen. Du musst nur sichergehen, dass du dir den Fluchtweg offen hältst.«

Novak stöhnt genervt. Scheinbar ist er es leid, mir die Sache schmackhaft machen zu wollen. Aber was erwartet er? Dass ich mich in freudiger Erwartung meiner hundert Jungfrauen in den sicheren Tod sprenge?

»Wenn du richtig Eier hättest, würdest du denen den Koffer in die Hand drücken, hinter das Auto hechten und die Wichser in kleine Stücke sprengen.«

Der Penner hat leicht reden. Erpresst einen armen Irren und scheißt dann auch noch klug.

»Und wenn du Eier hättest, Novak, würdest du es selbst machen, du Arschloch!«

Der Riese läuft auf mich zu und ich bereite mich auf einen heftigen Tritt gegen den Kopf vor. Dann bleibt er aber doch stehen und schließt einfach den Koffer wieder.

»Hauser, wenn du möchtest, dass ich deiner Tochter das Ding um den Hals schnalle und sie anstelle von dir losschicke, dann musst du es nur sagen.«

Ich nehme an, dass er keine Antwort auf seine Aussage erwartet, und sehe stattdessen auf meine Uhr. Mir bleiben nur noch wenige Stunden bis zur Übergabe.

»Gib mir ein Stück Papier und einen Kugelschreiber.«

»Wofür«, fragt Novak.

»Mein Testament«, erwidere ich.

Novak nickt zu Kowalski, der den Raum sofort verlässt.

»Endlich kannst du wieder klar denken. Die Chancen stehen gut, dass du es nicht brauchst.«

Zu mehr als einem Kopfnicken kann ich mich nicht durchringen. Ich stehe wieder auf und betrachte Kowalski, der mit dem verlangten Schreibmaterial wieder vor dem Schreibtisch erscheint.

»Das restliche Geld. Du sagtest, ich könne es behalten.«

»Ja«, sagt er und nickt dabei. »Ich halte mein Wort.«

»Ich will es sehen«, sage ich. »Ich will sehen, wie du eine Überweisung auf mein Konto machst.«

Zu meinem Erstaunen nickt er.

»Du bist gar nicht blöd. Dann ist es sauber für dich. Ich bereite alles vor. Schreib dein Testament. Wir müssen den Plan noch mal durchgehen, bevor es losgeht.«

***

Ich hätte es schon viel früher schreiben sollen, schließlich bin ich nicht mehr der Jüngste, aber immerhin ist es noch nicht zu spät und viel Zeit werde ich ohnehin nicht benötigen. Zumindest nicht für meinen Letzten Willen. Auf das leere Blatt habe ich bereits meine Anschrift, Ort und Datum sowie »Testament« als Überschrift gesetzt. Es ist fast ein bisschen schade, dass ich nicht mit ansehen kann, wie Silke meinen Schrieb auffasst. Sie wird außer sich sein.

Ich, Thomas Hauser, geboren am 5.6.1973 in Frankfurt, setze hiermit meine wunderbare Tochter, Marie Hauser, geboren am 20.9.2005 in Frankfurt als Alleinerbin ein. Hiermit enterbe ich meine Ehefrau, Silke Hauser, geboren am 20.9.1976 in Mannheim. Sie war eine schlechte und untreue Ehefrau, ist eine schlechte Mutter und ein zweifelhafter Mensch. Daher möchte ich ihr auch ihren Pflichtteil absprechen. Sollte diese Anordnung keinen rechtlichen Bestand haben, so bleiben alle anderen Regelungen dennoch bestehen. Zudem verfüge ich, dass Silke Hauser keinerlei Befugnis erhalten darf, die Erbschaft meiner Tochter, Marie Hauser, zu verwalten. Die Verwaltung der Erbschaft soll dem Vormundschaftsgericht obliegen, bis Marie Hauser die Volljährigkeit erreicht.

Ich unterschreibe mit vollem Namen und bin überrascht, dass ich doch mehr zu Papier gebracht habe, als erwartet. Sollte mir Novak den Rest des Geldes tatsächlich überweisen, gehe ich nicht davon aus, dass es Marie erben wird. Aber die Wohnung hat ebenfalls einen Wert von fast einer Million und die werde ich Silke sicher nicht in den Rachen werfen.

Jetzt kommt der schwierigere Teil. Mein Brief an Marie. Ich habe einiges zu erklären. Gefühlt Tausende Male beginne ich den Brief. Setze an, bemerke, wie theatralisch ich ihn formuliere, zerknülle das Blatt, nur um zu bemerken, dass mein neuer Ansatz zu kühl und zu gefühllos ist. Ich ringe nach Worten und dennoch ist das, was ich sagen will, einfach nicht passend zu formulieren. So einfach mir das Testament gefallen ist, so schwierig fällt es mir, meine Gefühle entsprechend zu verpacken. Ein Zeichen dafür, dass es mir auch als Vater schwergefallen ist, meiner Tochter zu zeigen, wie lieb ich sie habe.

Mein liebster Sonnenschein,

bitte verzeih mir. Wie gern wäre ich jetzt bei dir, aber ich habe einen riesigen Fehler gemacht. Ihn zu korrigieren, ist leider der einzige Weg, um dich in Sicherheit zu wissen. Ich habe dir unendlich viel zu sagen, und dennoch finde ich in diesem Moment nicht die richtigen Worte dafür.

Alles, was zählt, ist meine Liebe zu dir.

Dein Vater

Ich weiß nicht recht, was ich von meinen Zeilen halten soll. Aber für mehr bin ich gerade nicht imstande. Zu sehr wühlt mich der Moment auf. Ich muss stark bleiben. Für sie. Damit sie in Sicherheit aufwachsen kann.

Ich falte den Brief und das Testament. Dann lege ich beides auf den leeren Block und laufe zur Tür. Sie ist abgeschlossen. Ich klopfe dagegen.

»Kowalski«, rufe ich.

Die hässliche mit Buchenholz furnierte Tür gleitet auf. Kowalski sieht mich teilnahmslos an. Er hat getrunken. Ich rieche den Wodka aus seinem Mund.

»Bitte«, sage ich und zeige auf die Blätter, die auf dem Tisch liegen. »Kannst du beides in Umschläge packen? Novak soll das Testament zum Amtsgericht bringen und den Brief meiner Tochter geben.«

Kowalski nickt.

»Du machst es echt dramatisch«, sagt er.

»Ich hab es halt gern geregelt. Im Fall der Fälle erspart das allen viel Ärger.«

»Wenn du meinst. Komm jetzt mit. Ich bring dich zum Boss.«

Wir laufen den Flur der Wohnung entlang und betreten einen ebenso kargen Raum, in dem nur ein Schreibtisch steht, vor dem Novak sitzt. Kowalski postiert sich vor dem Raum und tut so, als wäre er Teil des Secret Service und Novak der Präsident der USA.

»Und, hast du alles erledigt?«

»Ja. Du musst dich vielleicht um zwei Kleinigkeiten kümmern. Kowalski weiß, um was es geht.«

»Gut. Sieh her«, befiehlt Novak und ich gehorche.

Vor mir sehe ich drei geöffnete Onlinebanking-Anwendungen.

»Du bekommst jeweils eine Million von drei verschiedenen Geschäftskonten. Wie sind deine Kontodaten?«

Ich krame in meinem Geldbeutel, ziehe meine EC-Karte heraus und reiche sie Novak, der sich mit seiner hünenhaften Gestalt schwertut, bequem im engen Bürostuhl zu sitzen. Ich beobachte ihn, wie er die Daten eingibt, sich mehrere mobile TAN-Nummern auf sein Smartphone schicken lässt und mir dreimal hintereinander eine Million Euro überweist. Dabei entgeht mir nicht, dass jedes Konto mindestens über zehn Millionen Euro verfügt.

»Zufrieden?«, fragt er.

»Nicht ganz. Ich will jetzt endlich mit meiner Tochter reden.«

»Kowalski?«, ruft er. »Bring ihn rüber. Er hat eine Viertelstunde.«

***

Mein Herz pocht wie wild, als Kowalski den Schlüssel der Tür dreht. Ich weiß nicht, ob ich mehr Angst vor Silke habe oder vor der letzten Begegnung mit meiner Tochter. Auf jeden Fall muss ich mich zusammenreißen. Kowalski drückt die Tür auf und ich betrete den Raum. Marie sitzt an die karge weiß gestrichene Betonwand gelehnt und sieht auf. Bevor ich jedoch reagieren kann, stürmt Silke auf mich zu und schlägt auf mich ein.

»Du wertloser Penner!«, schreit sie und verpasst mir eine gesalzene Ohrfeige. »Was hast du getan?«

Ich erdulde ihre Schläge, denn sie verliert schnell die Kraft und schreit nur noch hysterisch. Eigentlich möchte ich mich gar nicht erst mit ihr beschäftigen.

»Thomas. Was ist hier los? Wieso sind wir hier?«

»Ich habe mich mit den falschen Leuten angelegt«, antworte ich lapidar.

»Was soll das heißen?«

»Na, was es eben heißt. Sie erpressen mich mit euch.«

Silke steigt die Zornesröte ins Gesicht. Hätte sie ein Messer, würde sie mich damit abstechen. Ich überlege kurz, ob ich Kowalski bitten soll, ihr eines zu geben.

»Hätte ich dich nur niemals kennengelernt, du Verlierer. Gott, Thomas. Ich kann dir gar nicht beschreiben, wie sehr ich dich hasse.«

Tränen der Wut laufen über ihre leicht geschwollenen Wangen. Ich drehe mich mit einem fragenden Blick zu Kowalski, der hinter mir steht.

»Sie hat sich sehr gewehrt«, sagt er und zuckt mit den Schultern.

Im Hintergrund höre ich Marie schluchzen. Die Kleine ist mit der Situation sicher völlig überfordert. Ich wende mich wieder Silke zu. Ihre Verachtung lässt mich völlig kalt. Irgendwie bin ich dennoch froh, dass ich mit ihr zusammengekommen bin. Denn ohne sie gäbe es Marie nicht.

»Magst du mir noch etwas sagen, Silke?«

Will sie offenbar nicht. Dafür holt sie wieder aus, verpasst mir die nächste Ohrfeige und dreht mir dann den Rücken zu. Mein Ohr klingelt.

»Thomas. Wenn ich hier rauskomme, siehst du uns nie wieder. Ich hoffe, diese Leute bringen dich einfach um und du verschwindest endlich aus meinem Leben.«

Wie gern würde ich ihr sagen, dass sie sich keine Sorgen darüber machen muss, mich noch einmal sehen zu müssen, aber Marie hört mit und ich will ihr nicht noch mehr Angst machen. Manchmal ist es einfach besser, nichts zu sagen.

Ich beuge mich zu meiner Tochter herunter und versuche, ihr in die Augen zu sehen, aber sie will den Kopf nicht heben. Stattdessen vergräbt sie ihn in den Armen, die auf ihren Knien liegen.

»Hey Sonnenschein. Hab keine Angst. Spätestens heute Abend bist du hier raus.«

Sie schluchzt wieder und ich erhalte keine Reaktion. Das läuft ja richtig gut.

»Komm schon. Es tut mir leid.«

Ich streichle ihr über den Kopf. Wie gern hätte ich noch einmal ihr Gesicht gesehen, aber sie will es offensichtlich nicht und hat auch jeden Grund dazu.

»Siehst du, Thomas«, sagt Silke. »Selbst deine Tochter hasst dich mittlerweile.«

Ich atme tief ein, weiß aber, dass es nicht so ist. Kowalski bringt mich aus dem Raum und schließt wieder ab.

»Deine Frau ist ja eine richtige Furie«, sagt er.

»Ja«, antworte ich. »Sie liebt mich unsterblich.«

Kapitel 12

Das Ende naht

Ich parke versteckt in einem Kilometer Entfernung zum Übergabeort und warte auf den richtigen Moment. In knapp zehn Minuten ist es so weit und in fünf werde ich den Wagen wieder in Bewegung setzen müssen, um pünktlich zu sein. Irgendwie hatte ich mich an Kowalskis E-Klasse gewöhnt. Stattdessen sitze ich in einem Golf und sehe mir den Auslöser des Sprengsatzes an, der schon die ganze Fahrt neben mir liegt. Ich nehme das Ding in die Hand und drehe ihn auf die Rückseite. Es ist der Fernauslöser einer Kamera. Zumindest nehme ich das an, denn es prangt ein großer Nikon Schriftzug auf dem Gehäuse. Er wiegt fast nichts und doch wird er vermutlich für den Tod vieler Menschen verantwortlich sein.

Ich schließe die Augen und stelle mir vor, was passiert, wenn ich die Fernbedienung anstelle und auf den großen, runden Knopf drücke. Plötzlich bricht sich der Zweifel seinen Weg in meinem Kopf frei. Was, wenn Abdullah nicht auftaucht, ich ihn verfehle oder er Kinder bei sich hat. Kann ich wirklich fremden Menschen so einfach das Leben nehmen? Was, wenn die Sauds gar nicht solche Monster sind? Schließlich habe ich Abdullahs Ehrenwort. Vielleicht sind die Polen die Teufel, die mich nur benutzen, um die Sauds loszuwerden. Schließlich haben sie Marie entführt und nicht die Libanesen. Aber Nasir war es, der Uwe erschossen hat. Skrupellos in den Kopf.

Es ist Panik.

Sie kämpft sich in mir hervor und ich kann nichts gegen sie unternehmen. Hinter mir steht Novak in einem unauffälligen Toyota. Sie betätigen die Lichthupe. Es ist so weit. Ich fahre los und beobachte, wie der Toyota im Rückspiegel immer kleiner wird. Sie warten und ich bin mir nicht sicher, ob ich zurückkommen werde.

***

Der dunkelgraue Golf nähert sich dem Waldstück. Tommy hat sich entschieden. Ihm bleibt nichts anderes übrig, als seinem Bauchgefühl zu folgen. Die digitale Uhr im Armaturenbrett des Golfs zeigt eine Minute vor fünf an. Er wird mit leichter Verspätung eintreffen, aber er hat es nicht eilig. Jeder zurückgelegte Meter bringt ihn näher an den Rand des Zusammenbruchs. Er ist kaum fähig, den besprochenen Plan im Kopf erneut durchzugehen. Jeder Versuch, sich selbst Mut zuzusprechen, schlägt fehl und dennoch steuert er auf sein Ziel zu. Für seine Tochter. Er muss es einfach zu Ende bringen.

Die tief stehende Sonne bricht mit ihren Strahlen durch die Wipfel der Bäume, denn die Regenwolken des Vortags haben sich mittlerweile komplett verzogen. Ein leichter Dunst wabert durch das Gehölz. Tommy bremst ab, überquert einen unbeschrankten Bahnübergang und biegt auf den noch immer geteerten Viehweideweg ab. Er führt ihn einige Hundert Meter weiter in den Wald hinein. Plötzlich meldet sich das Navi zu Wort und bittet ihn, in dreihundert Meter rechts abzubiegen.

Tommys Puls schießt in ungeahnte Höhen, weil es gleich soweit sein wird. Er fühlt es mit jeder Faser seines Körpers. Auf der Straße ist trotzdem noch weit und breit kein Wagen zu sehen. Doch dann nähert sich die Einfahrt des Schotterwegs und er bremst fast bis zum Stillstand ab, um abzubiegen. Seine Augen gewöhnen sich an die Dunkelheit des Waldes nur langsam, erst dann sieht er in einiger Entfernung doch zwei Wagen nebeneinander stehen. Den rechten von beiden erkennt er aufgrund seiner Ausmaße und der geschwungenen Rücklichter als Mercedes S-Klasse. Bei dem linken handelt es sich um einen Dreier-BMW. Thomas schluckt, als ihm klar wird, dass der Platz neben den Wagen nicht ausreicht und sich der simple Plan somit bereits in Luft aufgelöst hat. Und das nur, weil sie mit zwei Wagen gekommen sind, die nun den Weg blockieren.

Er bremst den Golf erneut ein bisschen ab und bringt ihn damit zum Rollen. Offenbar hat noch niemand den Schutz der Autos verlassen und aufgrund der getönten Scheiben kann er nur mutmaßen, dass Abdullah in der S-Klasse sitzt. Tommy versucht hektisch irgendein Schlupfloch zu finden, gibt jedoch sofort wieder auf, denn der Waldweg ist so schmal, dass er nur hinter den beiden Wagen parken kann. Selbst wenn Tommy wüsste, in welchem der Autos Abdullah wirklich sitzt, könnte er nicht neben ihm stehen bleiben, denn Bäume säumen den Weg. Tommy kann nicht fassen, auf welchen Plan er sich da eingelassen hat. Aufkeimende Panik raubt ihm den Atem.

Wie kann er nur sichergehen, dass er Abdullah erwischt? Tommy zermartert sich das Hirn, aber viel Zeit bleibt ihm nicht mehr. Erst überlegt er sich, wieder Gas zu geben und aus dem Auto zu springen, während der Golf den BMW zur Seite rammen würde und er mit dem verbleibenden Sprengsatz im Golf die S-Klasse in die Luft jagen könnte. Doch Tommy zögert zu lange und hat schon nicht mehr genug Wegstrecke vor sich, um ausreichend beschleunigen zu können. Ohnehin ist sein Einfall völlig verrückt und wäre auch nur dann durchführbar, wenn er alles Glück dieser Welt hätte. Thomas schüttelt den Kopf.

»Scheiße verflucht. So eine dämliche Idee«, schilt er sich.

Es hilft nichts. Ihm wird bewusst, dass er Abdullah den Koffer persönlich in die Hand drücken muss. Tommy hält den Golf nur wenige Meter vor den beiden anderen Wagen an. Mit eiserner Miene versucht er, sich zu sammeln und seine Aufregung zu verbergen. Er kann förmlich spüren, wie die Libanesen ihn durch den Rückspiegel beobachten. Dann steigt er aus und läuft hinter dem Golf entlang auf die Beifahrerseite. Noch immer rührt sich niemand. Er öffnet die zweite Türe und sieht sich um. Auf was warten sie, fragt sich Tommy. Soll er den Koffer zu ihnen bringen? Kaum hat er nach dem Ding gegriffen, hört er, wie sich mehrere Türen öffnen und Männer die Wagen verlassen. Einer von ihnen ist Ahmed.

»Nicht bewegen!«, schreit dieser.

Tommy zuckt erschrocken zusammen und zählt vier großgewachsene Männer. Sie stehen in nur wenigen Metern

Entfernung von ihm vor ihren Wagen. Ahmed und Abdullah in der Mitte, flankiert von zwei grobschlächtigen Kerlen, die in ihren Anzügen wie Leibwächter aussehen und ebenfalls Pistolen tragen. Thomas erkennt Abdullah sofort. Er hat einen dichten grauweißen Vollbart und passt optisch zu der älteren Stimme, die er am Telefon gehört hat. Ahmed kann er erst nicht einordnen, erkennt aber die Ähnlichkeit zwischen den beiden und ist sich sicher, dass er die rechte Hand von Abdullah ist.

Tommy mustert die vier noch immer und betet, dass sie ihn nicht durchschauen, bevor er sich nicht einen neuen Plan zurechtgelegt hat.

»Leg das Geld auf die Motorhaube des Golfs«, befiehlt ihm Ahmed.

Tommy reagiert. Er zieht den Koffer langsam aus dem Wagen, tritt wie befohlen an die Motorhaube und legt den Koffer darauf.

»Mach ihn auf!«, sagt Ahmed mit kontrolliertem Tonfall.

Tommy greift wie befohlen nach den Hebeln an den Zahlenschlössern und lässt sie aufschnappen.

»Jetzt geh zurück und halte die Hände hoch.«

Wieder gehorcht er. Er läuft einige Meter zurück und spürt dabei, wie sein Herz wieder auf Höchsttouren kommt. Tommy ist ausgeliefert. Die Funkfernbedienung steckt in seiner Hosentasche. Würde er jetzt unvermittelt nach ihr greifen, würden sie ihn sicher, ohne zu zögern, erschießen. Tommy beobachtet, wie Ahmed näher an den Koffer herantritt und hineinsieht.

»Sieht gut aus, Vater«, stellt er fest und winkt Abdullah heran, der ebenfalls kurz in den Koffer sieht und nickt.

Dann zieht der Alte sein Jackett aus, knöpft sich die Manschetten auf und krempelt sich die Ärmel seines weißen Hemdes hoch.

Tommy wagt es noch immer nicht, sich zu rühren, immerhin sind drei Pistolen und drei wachsame Blicke auf ihn gerichtet. Er spielt ein riskantes Spiel, mit nur einem einzigen Trumpf in der Hand. Er fühlt sich beinahe wie in einem Western. Nur, dass es beim Shoot-Out drei gegen eins steht, er keine Schusswaffe hat, und die anderen ihre bereits gezogen haben.

»Herr Hauser«, sagt Abdullah. »Haben Sie wirklich geglaubt, dass Sie damit davonkommen? Dass ich Ihnen mein Wort gebe und Sie dann einfach laufen lasse?«

Tommy geht erst gar nicht auf den Alten ein. Natürlich hat er nicht eine Sekunde daran geglaubt.

Abdullah verlässt die Umarmung seiner Leibwächter und steht nun neben seinem Sohn.

»Gib es mir!«, befiehlt Abdullah.

Ahmed lässt die Pistole sinken und knöpft ebenfalls sein Jackett auf. An seiner Seite trägt er ein riesiges Jagdmesser, das in einer ebenso großen Halterung steckt. Er zieht es sofort aus seiner Scheide und reicht es Abdullah, der es am Griff entgegennimmt und mit Begeisterung in der Hand wiegt. Für einen kurzen Moment zeigt Abdullahs Gesicht den Ausdruck diabolischer Freude. Dann beherrscht er sich wieder.

Tommy denkt beim Anblick der geriffelten Klinge sofort an Novaks Worte. Das sind Monster, hat er gesagt und endlich findet Tommy einen Grund, um Novak Glauben zu schenken. Niemals hat es Tommy für möglich gehalten, dass Novak seine Familie tötet. Aber allein die Möglichkeit, dass er sie freilassen könnte und die Sauds die Drecksarbeit für ihn erledigen, ist Grund genug, um so zu handeln, wie er es eben tut. Abdullah dreht das Messer und blickt auf die Klinge.

»Herr Hauser. Wissen Sie, was man mit Dieben in meinem Heimatland macht?«

Tommy weiß es und er kann auch erahnen, wozu er dieses Messer verwenden will. Sein Herz hämmert ebenso schnell, wie sein Gehirn nach einer Lösung für die ausweglose Situation sucht. Er muss sie ablenken, damit er unbemerkt an den Zünder in seiner Tasche kommt und genug Meter machen kann, um außerhalb des Sprengradius zu kommen. Nur wie?

Abdullah lässt das Messer sinken. Aus Interesse sieht er genauer in den Koffer und erkennt nun doch, dass die Bündel nur zweilagig in ihm liegen.

»WO IST DER REST!«, brüllt er plötzlich und schiebt die Bündel zur Seite.

»Das ist nicht alles!«

Tommy zuckt zusammen. Die Stimmungsänderung bereitet ihm mehr Sorgen, als es die Klinge des Messers tut. Ahmed wird hektisch. Er springt zu seinem Vater und zählt die Bündel mit beiden Händen durch. Tommy beobachtet die beiden Leibwächter, doch sie wenden sich nicht eine Sekunde von ihm ab und geben ihm die Gelegenheit an den Zünder zu kommen.

»Das sind nur etwa zwei Millionen«, sagt Ahmed.

Eine dicke Ader zeichnet sich an Abdullahs Stirn ab. Der stämmige Mann versteht es, seine Opfer in Angst und Schrecken zu versetzen. Er läuft ein paar Meter an Tommy heran und zeigt mit der Klinge auf ihn.

»Du Hund. Du verstehst ja gar nicht, was ich jetzt mit dir anstellen werde. Eigentlich wollte ich dir nur die Hände abschneiden. Jetzt fange ich mit den Ohren an. Ich will gar nicht wissen, wo das restliche Geld ist. Es ist mir egal. Ich schneide es einfach aus dir heraus.«

Tommy reißt die Augen auf. Er steht in nur knapp drei Metern Entfernung zu Abdullah und dem Rest von ihnen. Er darf es nicht zulassen, dass Abdullah ihn umbringt, bevor er die Gelegenheit bekommt, den Auslöser in seiner Hosentasche zu betätigen. Das Leben von Marie hängt an einem seidenen Faden. Alles, was er tun muss, ist den kleinen Schiebeschalter am Rande der Fernbedienung zu aktivieren und den Knopf zu drücken. Eine Bewegung von vielleicht zwei Sekunden. Der Sprengsatz wird sie alle in Windeseile auslöschen und seiner Tochter ein unbeschwertes Leben ermöglichen.

Der Auslöser befindet sich in seiner linken Tasche. Er muss sich nur langsam und unbemerkt nach links und damit aus ihrem Sichtfeld drehen. So schnell würden sie ihn niemals erschießen können. Er muss es einfach versuchen, denkt er und tritt einen Schritt nach vorn, bereit sich zu drehen und den Zünder zu aktivieren.

»Holt ihn euch!«, knurrt Abdullah und seine Leibwächter stürmen umgehend auf Tommy zu.

Er sieht sie kommen und steckt die Hand so schnell in die Hosentasche, wie er kann. Er fühlt den Zünder, ertastet den Schiebeschalter und legt ihn um, doch plötzlich reißt einer der beiden Anzugträger seinen linken Arm aus der Hose.

Tommy keucht und wehrt sich. Er will sich auf den Boden schmeißen, doch der Druck der Kolosse ist unnachgiebig. Mittlerweile drücken ihn die beiden Leibwächter mit ihren massigen Armen zu Boden. Tommy kniet vor Abdullah und ahnt, dass er seine Chance vertan hat. Eine zweite wird vielleicht nicht mehr kommen. Er ist sich ziemlich sicher, dass das, was nun folgen wird, mit Sicherheit schlimmer werden wird, als von einer rasend schnellen Druckwelle in Stücke gerissen zu werden.

Der Alte wendet sich wieder Tommy zu.

»Fast möchte ich Ihnen danken, dass Sie mir die Gelegenheit geben, mich an Ihnen auszutoben. Ich hoffe, Sie haben das restliche Geld gut angelegt. Ihren Angehörigen oder Ihren Freunden wird es im Grab aber leider nichts nützen.«

Das restliche Geld! Tommy hat eine Idee und es ist das erste Mal, dass er sein Wort an die Libanesen richtet.

»Die drei Millionen«, sagt er. »Sie sind am gleichen Ort wie Nasir«

Ahmed klappt den Koffer wieder zu. Hat er da richtig gehört?

»Nasir? Was weißt du von Nasir?«, brüllt er.

Thomas hat einen Verdacht und die Wahrscheinlichkeit, dass er recht hat und Ahmed Nasirs Vater ist, wächst von Sekunde zu Sekunde.

»ANTWORTE!«, schreit Ahmed außer sich.

»Er ist meine Sicherheit, dass ich hier heil herauskomme. Ich wollte ihm das restliche Geld geben und ihn freilassen, sobald ich das Ehrenwort von deinem Vater bekommen habe«, erklärt Thomas.

Ahmed ist so außer sich, dass er nicht mehr darüber nachdenkt, um was es geht, und ob das Gesprochene von Thomas überhaupt Sinn ergibt.

»Deshalb meldet er sich nicht, Vater! Darum wusste er auch, wer wir sind!«, reimt sich Ahmed plötzlich zusammen.

Abdullah schüttelt hingegen nur den Kopf.

»Sohn. Ich verzichte auf das Geld und von dir erwarte ich, dass du auf deinen wertlosen Sohn verzichtest. Er bereitet uns nur Schande. Sieh uns an! Mit was wir hier sprechen.« Abdullah zeigt wieder mit der Klinge auf Tommy. Er ändert seinen Plan, weil er plötzlich davon überzeugt ist, Ahmed nun doch wieder auf den richtigen Pfad lenken zu können. »Nasir ist genauso nutzlos, wie du es die letzten Tage für mich warst. Beweise mir, wie wichtig dir unser Geschäft ist, und bringe mir den Kopf dieses Hundes.«

Niemals würde Ahmed seinen Sohn aufgeben. War er sich bisher sicher, der Grausamkeit seines Vaters nicht das Wasser reichen zu können, so ändern die neusten Erkenntnisse seine Ansichten schlagartig. Er ist fest entschlossen, seinem Vater zu beweisen, was für ein Tier er sein kann und Thomas Hauser zu entlocken, wo er seinen Sohn gefangen hält.

Thomas ist einmal mehr fassungslos. Mit gesundem Menschenverstand ist diesem Schlag Mensch nicht beizukommen. Jeglicher Zuversicht beraubt, lässt er ergeben den Kopf sinken.

Ahmed nimmt seinem Vater das Messer ab, läuft auf den noch immer am Boden knienden Thomas zu und schneidet ihm mit einem kurzen Ruck das rechte Ohr ab. Obwohl er den Schnitt kaum spürt, brennt Thomas' gesamte rechte Kopfhälfte plötzlich wie Feuer. Sein Hörempfinden ändert sich schlagartig und selbst sein eigener Schrei klingt nur noch wie ein gedämpftes Blubbern.

Blut spritzt aus seiner Wunde und besudelt den Ärmel des Leibwächters. Thomas zieht den Kopf krampfartig ein und hält ihn leicht schräg. Anders sind die schlagartig einsetzenden Schmerzen kaum zu ertragen. Er schickt ein

Stoßgebet in den Himmel und wünscht sich, dass alles schnell zu Ende geht.

Er hat versagt.

Erneut.

Einzig die Erkenntnis, dass dies das letzte Mal in seinem Leben gewesen sein wird, stimmt ihn milde.

»Sag mir, wo er ist, du Hurensohn!«, keift Ahmed.

Als Abdullah davon überzeugt ist, seinen Sohn in die richtige Bahn gelenkt zu haben, nickt er zufrieden und nimmt den Koffer an sich.

»Denk daran, Sohn. Ich will seinen Kopf. Egal, ob er redet oder nicht.«

Abdullah ist sich nicht sicher, ob sein Sohn ihn verstanden hat. Er wirkt, als wäre er in einen Blutrausch verfallen. Nun kann er der Situation immerhin doch noch etwas Gutes abgewinnen. Denn ab heute ist er sich endlich sicher, dass sein Geschäft in guten Händen liegen wird, wenn er einmal nicht mehr da ist. Fast freudig läuft Abdullah zu seiner S-Klasse zurück.

Thomas hingegen weiß nicht, wie lange er das Martyrium noch auszuhalten bereit ist, und hofft darauf, sich so schnell wie möglich in eine Ohnmacht flüchten zu können. Er wird sterben, egal, ob er gesteht oder nicht. Denn Ahmed kann nicht ahnen, dass sein Sohn bereits tot ist, und ist bereit dazu, sich in seinen Vater zu verwandeln, um aus Thomas die gewünschten Informationen herauszuholen.

Ahmed holt erneut aus und sticht die Klinge des Messers in Tommys linke Schulter. Sie verfehlt seine Schlagader nur um Millimeter, durchtrennt aber sein Schlüsselbein sowie einen der Muskelstränge seiner Brustmuskulatur.

Thomas keucht vor Schmerz auf und fällt halb benommen nach hinten, weil der linke Anzugträger seinen Arm reflexartig losgelassen hat, als er die Klinge auf sich zurasen sah. Vor lauter Schmerz versteht Thomas erst nicht, welche Chance sich ihm bietet, doch dann schafft er es, seinen lädierten Arm auf die Fernbedienung zu legen und auf das Ende zu drücken, das sich in Form eines Knopfes auf seiner Hose abzeichnet.

Es ist nur ein winzig kleiner Moment der absoluten Stille, den Tommy aus vollen Zügen genießt. Ein letzter Gedanke. Ein letztes Bild vor seinem geistigen Auge. Seine Tochter. In Sicherheit. Dann erreicht ihn die Druckwelle und seine Trommelfelle platzen wie Knallerbsen.

Abdullah hat noch nicht einmal die Tür des Wagens geschlossen, als dieser in die Luft fliegt. Unzählige Metallteile werden von der irren Explosion davongetragen und verwandeln sich in messerscharfe Geschosse. Ahmed spürt den Schmerz nur kurz. Viel intensiver ist jedoch der Stoß, der ihn umreißt und auf Tommys Körper fallen lässt. Abdullahs Leibwächter haben nicht das Glück, mit dem Rücken zur Explosion zu stehen. Sie sehen, was auf sie zukommt. Dem linken spaltet ein Teil eines Kotflügels den Kopf. Der andere wird von einer Stoßstange in Stücke gerissen.

Kapitel 13

Epilog

Die beiden Polen trauen ihren Augen nicht. Eine solche Verwüstung haben sie noch nie zu Gesicht bekommen. Das Waldstück gleicht einem Schlachtfeld. Novak steht neben dem auseinandergerissenen Wrack, das einmal eine S-Klasse war. Drei der vier Türen hat die Explosion einfach aus ihrer Verankerung gerissen und weggeschleudert. Vom Innenraum ist nicht viel mehr übrig als die Trägerkonstruktion des Armaturenbrettes. Sämtliche Kunststoffteile hat die Hitze zusammengeschmolzen wie die Sonne ein Eis im Sommer. Noch immer glimmen einige der brennbaren Teile vor sich hin.

Novak kann nicht anders. Er muss sichergehen, dass es Abdullah erwischt hat. Draußen liegt Ahmed mit zerfetztem Rücken. Sein Gesicht ist unversehrt geblieben. Die beiden anderen Leichen kennen sie nicht. Abdullah muss also in der S-Klasse gesessen haben, als die Explosion ausgelöst worden war.

Der Innenraum ist so stark von Blut getränkt, dass Novak das Unheil bereits von außen sehen kann. Er muss sich dennoch selbst davon überzeugen, dass es tatsächlich so ist und er wirklich recht hat.

Kowalski wartet neugierig hinter Novak, der nun vor der Beifahrerseite des Mercedes steht und in den Wagen sieht.

»Und? Ist er es?«, fragt er.

Novak dreht sich um. Er sieht blass aus und tritt zur Seite.

»Sieh selbst.«

Kowalski tritt einen Schritt nach vorn und blickt auf die untere Körperhälfte eines Menschen. Weitere Überbleibsel der Leiche liegen im Wagen verteilt. So kann er nicht mit Sicherheit sagen, dass es Abdullah ist. Aber genau wie Novak muss er sich ebenfalls wieder wegdrehen, bevor er seine DNA in Form seines Frühstücks am Tatort hinterlassen würde.

***

Rauschen. Nichts als Rauschen und Schmerz. Ich wage es nicht, die Augen zu öffnen. Zu groß ist meine Angst vor dem, was mich noch erwartet. Bilder geistern mir durch den Kopf. Der wahnsinnige Araber mit seinem Messer und meinem Ohr in der Hand. Dann die Klinge, wie sie in meinem Körper steckt.

Die Explosion! Ich habe diese Scheißkerle tatsächlich in die Luft gejagt. Empfinde ich Reue? Habe ich noch ein Gewissen? Ich fühle nichts. Alles, was noch da ist, ist eine unendliche Leere und der Schmerz.

Ich versuche, mich an weitere Details zu erinnern, aber mehr ist nicht übrig. Ich habe den Druck gespürt und diesen irre lauten Knall gehört, der meine Trommelfelle hat platzen lassen. Mehr ist jedoch nicht geblieben.

Ich weiß, dass ich in einem Wagen sitze. Ist es ein Wagen der Polizei? Ich öffne die Augen nun doch, denn meinem Schicksal kann ich ohnehin nicht entfliehen.

Das Licht des Tages blendet mich. Es fühlt sich an, als hätte ich wochenlang geschlafen, aber vielleicht waren es auch nur Stunden.

Am Steuer sitzt Kowalski. Ich sitze auf der Rückbank seiner E-Klasse und wir fahren durch eine mir unbekannte Gegend.

»Endlich aufgewacht«, brummt er. »Das wurde auch Zeit.«

Ich könnte fragen, wo wir sind, wo wir hinfahren und wie zum Teufel ich diese ganze Scheiße überlebt habe, aber alles, was ich wissen will, ist, wie es meiner Tochter geht.

»Wo ist Marie?«, frage ich.

Mein Mund fühlt sich trocken an wie die Sahara. Mein Rachen kratzt.

»In Sicherheit«, antwortet Kowalski. Ich höre seine Stimme nur stark gedämpft, aber das, was ich höre, glaube ich ihm.

»Du hattest ein verdammtes Glück, Hauser.«

»Hatte ich das?«, frage ich und weiß selbst nicht recht, was ich davon halten soll.

»Nun. Das würde ich schon sagen.«

Ich nicke und versuche, meinen Körper zu bewegen. Nahezu jeder Muskel verursacht ein unangenehmes Brennen. Erst jetzt fällt mir auf, dass ich fremde Kleidung trage. Ein grüner Wollpulli und eine abgetragene Jeans. Vermutlich Kowalskis Sachen. Ich will mich drehen, aber die komplette linke Hälfte meines Oberkörpers weigert sich und blockiert. Mein Arm fühlt sich an wie tot, aber immerhin ist er noch da, was ich von meinem Ohr nicht behaupten kann. Ich betaste den Verband und spüre eine gepolsterte Stelle anstatt meiner Ohrmuschel. Ich ziehe die Hand wieder weg, weil Kowalski mich im Rückspiegel betrachtet.

»Wir haben es bestimmt zehn Minuten lang gesucht, aber da war nichts zu machen.«

»Erwartest du nun von mir, dass ich euch danke?«, frage ich, weil es mich ehrlich interessiert. »Dieser verdammte Verrückte hat es abgeschnitten«, platzt es aus mir heraus.

»Du hast sie fertiggemacht«, sagt Kowalski respektvoll. »Weißt du, wie lange du weg warst?«

»Woher soll ich das wissen? Stunden, Tage?«

»'Ne ganze Woche, Mann!«

»So fühlt es sich auch an. Scheiße, wie habe ich das nur überlebt?«

»Gute Frage. Der Boss meint, dass der Typ, der dir das Ohr abgeschnitten hat, viel abgefangen hat. Er lag auf dir, als wir eintrafen. Nur zur Sicherheit. Weißt du noch, wer in der S-Klasse saß, als du die Bombe hast hochgehen lassen?«

»Der Alte. Abdullah«, sage ich, als könnte ich das jemals vergessen.

»Sehr gut«, knurrt Kowalski. »Eigentlich dachten wir uns das schon, dummerweise ist von ihm so gut wie nichts mehr übrig geblieben.«

»Haben wir nun Ruhe vor den Arschlöchern?«, frage ich ein wenig unsicher.

»Da kannst du von ausgehen. Der einzige Mann aus dem näheren Führungskreis der Familie ist irgendein Cousin und der hat sich wohl mit Geld aus dem Staub gemacht. Zumindest sagt man das. Um den kläglichen Rest kümmern wir uns gerade.«

»Dann erkläre mir jetzt doch mal bitte, warum ich hier im Wagen sitze und nicht im Krankenhaus oder bei der Polizei liege.«

»Nun. Novak schätzt, was du getan hast. Ich denke, er mag dich sogar.«

»Na super. Da habe ich ja richtig drauf gewartet.«

»Sei nicht so undankbar, verdammt!«

Kowalskis Blick spricht Bände.

»Wir haben dich da herausgezogen und verarzten lassen. Ohne uns würdest du jetzt im Knast sitzen und da verrotten.«

»Man könnte auch sagen, ich würde meine gerechte Strafe absitzen.«

Kowalski mustert mich mit einem kalten Blick im Rückspiegel.

»Das lernst du auch noch.«

»Was?«, frage ich.

»Manche Menschen haben es einfach nicht verdient, am Leben zu sein. Was denkst du, wen die schon alles auf dem Gewissen haben?«

Statt zu antworten, sehe ich hinaus und versuche zu erkennen, wo wir sind. Ein Schild an der Straße verrät mir, dass wir in Polen unterwegs sein müssen.

»Was zum Geier habt ihr mit mir vor?«, will ich wissen.

»Novak hatte ein längeres Gespräch mit deiner Frau. Sie ist eine blöde Sau, wenn ich das so sagen darf.«

»Darfst du.«

»Jedenfalls hat er ihr klargemacht, dass sie besser ihren Mund halten soll über das, was passiert ist. Sie haben auch über dich gesprochen.«

»Was gab es da zu besprechen?«

»Sie hat dem Boss davon erzählt, was du vor deiner Karriere als Haushaltsauflöser gemacht hast.«

»Und das hat genau was mit euch zu tun?«

»Unsere Organisation braucht jetzt einen fähigen Buchhalter. Jemanden, der sich auf dem deutschen Markt auskennt. Vergiss eines nicht. Du kannst nie wieder nach Deutschland zurück. Wenn sie dich kriegen, wanderst du für Jahrzehnte in den Knast. Bei uns bist du sicher. Du bekommst einen neuen Pass und eine neue Identität.«

»Da habt ihr euch ja schon richtig Gedanken gemacht. Und um ehrlich zu sein, ist mir gerade sowieso scheißegal, was mit mir passiert. Hauptsache, ich muss nicht in so einer Bude leben wie ihr in Frankfurt.«

Obwohl ich nur seine Augen sehen kann, weiß ich, dass Kowalski grinst.

»Dann lass dich überraschen«, sagt er. »Wir sind in zehn Minuten da. Der Boss wartet schon auf dich. Mein Name ist übrigens Robert.«

»Ich bin Thomas, aber das weißt du ja.«

»Nein, bist du nicht.«

Robert kramt im Handschuhfach und reicht mir einen deutschen Ausweis. Den Ausweis von Michael Kramer mit einem Bild von mir, auf dem ich noch beide Ohren habe.

»Dann brauche ich ja jetzt nur noch ein neues Passbild.«

***

Wir fahren durch ein massives Eisentor. Das Anwesen ist riesig und liegt ganz im Grünen. Ich kann meinen Blick nicht von dem zweistöckigen Herrenhaus lösen, das mit Sicherheit noch im vorletzten Jahrhundert erbaut worden ist. Robert steuert die E-Klasse über den Schotterweg und hält den Wagen genau vor der mit weißem Marmor beschlagenen Treppe.

»Wir sind da«, sagt Robert knapp.

Ich öffne die Tür und zwänge mich aus dem Wagen.

»Geht's oder brauchst du Hilfe?«, fragt er, aber ich habe es schon ganz allein geschafft.

»Du wirst Polnisch lernen müssen«, sagt Robert, als wir die Treppe zum Eingangspodest hinauflaufen.

Jeder Schritt schmerzt, aber ich denke nicht darüber nach und lasse meinem Begleiter den Vortritt. Am Eingang stehen zwei Bedienstete, die uns höflich grüßen. Die Vorhalle des Eingangsbereichs ist ebenso riesig wie das Gebäude von außen und ich frage mich, welche Menschen mich hier erwarten. Das Oberhaupt eines polnischen Mafiaclans habe ich eher in einer modernen Penthousewohnung erwartet. Jetzt rechne ich eher mit Marlon Brando höchstpersönlich.

Mittig vor uns ragt eine helle Steintreppe nach oben und teilt sich auf halber Höhe in einen linken und einen rechten Bereich auf, die vermutlich in die jeweiligen Flügel des Anwesens führen. Unterhalb der Treppen fällt mein Blick auf eingelassene Glastüren.

»Du hast gesagt, Novak erwartet mich?«

»Ja. Er wird gerade geholt. Das Haus ist groß«, sagt er und mir fällt auf, dass einer der beiden Bediensteten verschwunden ist.

Plötzlich sind mehrere Schritte zu hören und eine der beiden Glastüren schwingt auf. Es ist Novak. In seinem legeren Outfit, er trägt Jeans und T-Shirt, sieht er fast aus wie ein normaler Mensch. Hinter ihm im Halbdunkel läuft noch jemand. Es ist ein Kind. Dank meiner lädierten Trommelfelle höre ich ihr Geschrei nicht, aber ich weiß genau, was sie ruft, während sie auf mich zurennt. Sie weint und ich merke, dass auch mir die Tränen in die Augen schießen.

»Mein Sonnenschein!«

Wie ein Affe klammert sie sich an mich und ich drücke mit meinem gesunden Arm ebenfalls so stark zu, wie ich kann. Sie tut mir höllisch weh, aber kein Schmerz der Welt kann mich dazu bringen, meine Tochter loszulassen.

»Oh Papa. Ich hatte solche Angst um dich! Ich habe gedacht, du musst sterben.«

»Keine Angst, Kleine. Ab jetzt wird alles besser«, sage ich und zum ersten Mal bin ich tatsächlich auch davon überzeugt.

Ich sehe zu Novak, der mich angrinst wie ein Honigkuchenpferd.

»Na siehst du! Wir sind vielleicht Verbrecher, aber keine Monster.«

»Wie? Was habt ihr?«, stammele ich und bringe einfach keinen passenden Satz heraus.

Novak lacht über mich. Oder vielleicht auch mit mir. Ich weiß es nicht.

»Darf ich vorstellen? Lilly Kramer«, antwortet er auf meine nicht gestellte Frage.

Marie grinst spitzbübisch.

»Das bin ich, Papa. Den Namen habe ich mir selbst ausgesucht.«

Novak schlägt die Arme ineinander.

»Ich habe deinen Brief gelesen und deine Frau kennengelernt. Danach konnte ich ihr das Kind einfach nicht zurückgeben«, erklärt er. »Wir waren dir was schuldig.«

Ich kann mein Glück kaum fassen. Polen ist zwar nicht die Karibik und mein Ohr werde ich auch vermissen, aber besser als im Knast oder in der Hölle wird es hier allemal sein.

»Genug geflennt jetzt. Ich bin fast acht Stunden durchgefahren«, bemerkt Robert. »Lasst uns mit Wodka auf unseren neuen Geschäftszweig anstoßen!«

Nicht mit mir. Diese Zeiten sind vorbei. Ich blicke zu Marie, die neben mir steht und mich noch immer umarmt.

»Uns dürft ihr gern eine Cola bringen!«

Danke

Lieber Leser,

ich hoffe, Ihnen hat auch mein neustes Buch gefallen.

Wie Sie vermutlich bereits wissen, steht hinter dem Pseudonym J. R. HELLWAY weder ein kleiner noch ein großer Verlag, daher bin ich auf Ihre Meinung und vor allem Ihre Rezension bei Amazon angewiesen.

Ich freue mich natürlich auch über Ihr Feedback, das Sie mir jederzeit gern per Mail zukommen lassen können: **mail@jrhellway.de.**

Mit herzlichen Grüßen

Ihr J. R. HELLWAY

Lesen Sie ebenfalls ...

Stuttgart am Abgrund

Ebola-Z: Episode 1

Martin ist ein ganz normaler Kerl. Er wohnt im beschaulichen Süden Stuttgarts und geht seinem Job als Projektleiter in einer Werbeagentur nach. Nach vielen Monaten der Berichterstattung bricht Ebola überraschend in Europa aus und verändert alles. Aber dabei wird es nicht bleiben, denn das Virus mutiert in Windeseile und macht aus Ebola-Patienten rasende, sich vor Fleischeslust verzehrende Bestien, die die ganze Stadt einnehmen. Er muss verschwinden, bevor er in seiner Wohnung verhungert, und fasst einen tollkühnen Plan. Mit seinem besten Kumpel Stefan will er aus der Stadt flüchten und gelangt auf seiner Reise in allerhand Schwierigkeiten, denn der Tod ist allgegenwärtig. Aus Deutschland ist ein feindliches Stück Erde geworden, das von den beiden jeglichen Überlebenswillen fordert.

Lesen Sie ebenfalls …

Die letzten Tage des Anfangs
Ebola-Z: Episode 2

In Europa tobt eine lang anhaltende Epidemie. Plötzlich bricht ein mutierter Stamm des Virus aus und bringt innerhalb weniger Tage Tod und Gewalt.

In der zweiten Episode von Ebola-Z erleben wir, wie sich die Freunde erneut auf eine gefährliche Reise durch eine von Untoten bevölkerte Welt begeben, um dem winterlichen Deutschland zu entfliehen. Aber es kommt noch viel schlimmer, denn sie ahnen nicht im Entferntesten, wie dramatisch sich die Lage in ihrem vermeintlich sicheren Ziel zuspitzt.

Printed in Germany
by Amazon Distribution
GmbH, Leipzig